रेलनामा

Rail Diaries

सम्पादन एवं संकलन
डॉ. अलका जैन 'आराधना'

साहित्य प्रकाशन संस्था
प्रखर गूँज

दिल्ली-110089, भारत

संस्करण : 2019
ISBN : 978-81-939659-8-6

प्रखर गूँज साहित्य प्रकाशन संस्था
एच -3/2, सेक्टर-18, **रोहिणी, दिल्ली**-110089
दूरभाष : 7982710571, 7838505899

पहला संस्करण : 2019
मूल्य : 340/-

शब्द संयोजन : नीलू सिन्हा

आवरण : दुर्गा प्रसाद

रेलनामा
Rail Diaries
By selected writers

Published by
PRAKHAR GOONJ PRAKASHAN
Delhi – 110089
E-mail : prakhargoonj@gmail.com
sinha.neelu123@gmail.com
(मो.) **7982710571, 7838505899**

सत्यमेव जयते

महेन्द्र रंगा

भा रा से

MAHENDRA RANGA

I.R.S.

प्रधान अपर महानिदेशक

माल एवं सेवा कर आसूचना महानिदेशालय

(न्यायनिर्णय प्रकोष्ठ)

Pr. Additional Director General

Directorate General of GST Intelligence

(Adjudication Cell)

23.04.2019

संदेश

प्रखर गूंज प्रकाशन द्वारा प्रकाशित पुस्तक ' रेलनामा' एक अनोखी पुस्तक है और साहित्य जगत में एक अभिनव प्रयास है । रेल भारत की एकता और अखंडता का प्रतीक है । यह हर आम और खास की प्रतिनिधि है । इससे जुड़े रोचक किस्से, कहानियां, कविताएं, संस्मरण, यात्रावृत्त, आलेख सभी निःसंदेह ना केवल रोचक होंगे, अपितु ज्ञानवर्धक भी होंगे । जनमानस से जुड़ा साहित्य सदैव सार्थक होता है । अतः रेलनामा एक समाजोपयोगी पुस्तक है । यह सार्थक पहल भारतीय साहित्य के पटल पर अपना नाम स्वर्णिम अक्षरों में अंकित करे, यह मेरी शुभकामना भी है और दृढ़ विश्वास भी। प्रखर गूंज प्रकाशन की संस्थापक श्रीमती नीलू सिन्हा, संपादक डॉ. अलका जैन 'आराधना' और 'रेलनामा' से जुड़े सभी लेखकों को हार्दिक बधाई ।

मैं 'रेलनामा' के उज्जवल भविष्य की कामना करता हूँ ।

(महेन्द्र रंगा)

प्रधान अपर महानिदेशक

पंचम खण्ड -8, विंग सं. -6, द्वितीय तल, आर. के. पुरम, नई दिल्ली - 110 066, दूरभाष : 011-26164245, फैक्स : 011-26102552

WEST BLOCK-8, WING NO.-6, 2ND FLOOR, R.K. PURAM, NEW DELHI - 110 066, Phone : 011-26164245 Fax : 011-26102552

शुभकामना

यह जानकर अत्यंत प्रसन्नता का अनुभव कर रही हूँ कि प्रखर गूँज प्रकाशन द्वारा प्रकाशित होने जा रही पुस्तक 'रेलनामा' का संपादन मेरी प्रिय शिष्या डॉ. अलका जैन 'आराधना' ने किया है। इस पुस्तक में रेल से जुड़े रोचक आयामों को रचनाकारों द्वारा कविता, कहानी, लघुकथा, संस्मरण आलेख और यात्रावृत्त जैसी विधाओं के माध्यम से प्रस्तुत किया है। मैंने महसूस किया कि लेखकों ने रेल की यात्रा के बहाने जीवन के सफर का अनूठा और मार्मिक चित्रण किया है।

पुस्तक 'रेलनामा' की सफलता के लिए मैं हार्दिक शुभकामनाएँ प्रेषित करती हूँ।

प्रो. लाड कुमारी जैन
पूर्व अध्यक्ष, राज्य महिला आयोग
जयपुर (राजस्थान)

शुभकामना

यह जानकर अत्यंत प्रसन्नता हो रही है कि **प्रखर गूँज प्रकाशन संस्थान**, नई दिल्ली द्वारा रेलयात्रा पर विभिन्न लेखकों, रचनाकारों तथा रेल में यात्रा करने वालों के अनुभव पर आधारित पुस्तक का प्रकाशन किया जा रहा है । यह ऐसा विषय है जिस पर अब तक बहुत कम लिखा गया है । बावजूद इसके प्रकाशन संस्थान ने यह पहल करके आम आदमी और सहज संस्मरण व्यक्त करने वालों को एक मंच प्रदान किया है । रेल यात्रा के बहुत खट्टे-मीठे अनुभव होते हैं । अनुभव किसी के भी हों लेकिन ऐसा लगता है कि यह तो मेरे साथ भी हुआ । इसमें हमें विश्वास है कि पाठक इसे पसंद करेंगे । **प्रखर गूँज प्रकाशन संस्थान**, अपनी गुणवत्ता के लिए जाना जाता है । नए रचनाकारों को भी पुस्तक प्रकाशन हेतु एक मंच सहज ही उपलब्ध कराने की नीति अत्यंत प्रशंसनीय है । इस खास पहल के लिए **प्रखर गूँज प्रकाशन संस्थान**, की संस्थापक आदरणीय नीलू सिन्हा, सम्पादक डॉ. अलका जैन 'आराधना' तथा प्रकाशन के समस्त सहयोगियों को अनंत शुभकामनाएँ ।

संतराम पाण्डेय

(कार्यकारी संपादक)

दैनिक विजय दर्पण टाइम्स, मेरठ (उ.प्र.)

संपादकीय

पुस्तक 'रेलनामा' को सुधी पाठकों के समक्ष प्रस्तुत करते हुए हमें अपार हर्ष की अनुभूति हो रही है । हर्ष इसलिए कि इस पुस्तक की परिकल्पना रेल के सफर से जुड़ी है और ये सफर हर वर्ग के जीवन का अहम् भाग है, विशेषकर महानगरों में रेल एक यातायात का साधन नहीं अपितु जीवन का वह अंग है जो रोजी रोटी से लेकर न जाने कितने ही जाने अनजाने रिश्तो को विकसित करने में एक अहम् भूमिका अदा करता है। ऐसे शहरों में लाखों लोग रेल की पटरी पर सफर करते और अंजान लोगो से अपने सुख दुःख बाँटते आधे से ज्यादा अपना जीवन गुजार देते हैं । न जाने कितने ही किस्सों और कहानियों की गवाह हैं ये रेलगाड़ियां । कुछ ऐसे ही किस्सों और अनुभवों को हमारे लेखकों द्वारा शब्दों में पिरोकर इस पुस्तक में संगृहीत किया गया है जो लिखने और पढ़ने दोनों ही में अंतर्मन को सुख की अनुभूति तथा रोचकता प्रदान करता है । भारतीय रेल भारत की गौरवशाली राष्ट्रीय संपत्ति ही नहीं भारतीय जन जीवन का प्राण भी है । हमारी इस पुस्तक के लिए हमें आशातीत समर्थन और प्रतिसाद प्राप्त हुआ । इसके लिए हमें एक से बढ़कर एक रचनाएं प्राप्त हुईं । हर रचना जीवन के एक भिन्न और सार्थक पहलू पर प्रकाश तो डालती ही है, ये जीवन जीने की कला भी सिखाती है । इस पुस्तक में रेल से जुड़े रोचक आयामों को कविता, कहानी, लघुकथा, संस्मरण, आलेख और यात्रावृत्त जैसी विधाओं में ढाला गया है । हम अपने लेखक समुदाय का हार्दिक आभार व्यक्त करते हैं जिन्होंने रेल से जुड़े विभिन्न पहलुओं को किताब में ढालने में हमारी

मदद की । हमारे लेखकों ने रेल और रेलयात्रा से जुड़े अनुभवों को कुछ इस विश्वसनीयता से प्रस्तुत किया है मानो रेल का सफर जीवन के सफर का ही प्रतिरूप हो । एक संपादक के रूप में मैं प्रखर गूंज प्रकाशन की जीवनरेखा और संबल बन चुकी श्रीमती नीलू सिन्हा का भी हृदय से आभार व्यक्त करना चाहूंगी जिन्होंने मुझे इस पुस्तक 'रेलनामा' के संपादन का सुअवसर प्रदान किया । ये पुस्तक अब आपके हाथों में है । हमें आपकी प्रतिक्रिया का बेसब्री से इंतजार है ।

डॉ. अलका जैन 'आराधना'
जयपुर (राजस्थान)

क्रम तालिका

आलेख

महात्मा गांधी और रेल

डॉ. अलका जैन 'आराधना'
जयपुर (राजस्थान)

महात्मा गांधी का जिक्र किए बिना 'रेलनामा' अधूरा है । जी हां.... महात्मा गांधी के 'सत्याग्रह' का प्रारम्भ 'रेल' से ही हुआ था । 7 जून की तारीख ने ना केवल एक साधारण से अधिवक्ता के जीवन की दशा और दिशा बदली बल्कि विश्व और भारत के इतिहास की भी ये महत्वपूर्ण तारीख साबित हुई । 7 जून 1893 को अश्वेत होने की वजह से दक्षिण अफ्रीका में बैरिस्टर मोहनदास करमचंद गांधी को ट्रेन से धक्का देकर उतार दिया गया था । 1893 में गांधी जी गुजरात के राजकोट में वकालत की प्रैक्टिस किया करते थे । गांधी जी को दक्षिण अफ्रीका से सेठ अब्दुल्ला ने एक मुकदमा लड़ने के लिए बुलाया था ।

गांधी जी पानी के जहाज पर सवार होकर दक्षिण अफ्रीका पहुंचे । यहां 7 जून 1893 को वे डरबन से प्रिटोरिया जाने के लिए ट्रेन में सवार हुए । उनके पास फर्स्ट क्लास का टिकट था । लेकिन जब ट्रेन पीटरमारिट्जबर्ग पहुंचने वाली थी तब उन्हें थर्ड क्लास वाले डिब्बे में जाने के लिए कहा गया । लेकिन गांधी ने इससे इनकार कर दिया तो उन्हें जबरदस्ती पीटरमारिट्जबर्ग स्टेशन पर उतार दिया गया या यूं कहिए कि उन्हें धक्का देकर उतार दिया गया । गांधीजी जी के साथ हुई इसी घटना ने सत्याग्रह को जन्म दिया। सत्याग्रह यानी अन्याय के खिलाफ शांतिपूर्वक लड़ाई लड़ना । कड़कड़ाती ठंड में बैरिस्टर गांधी पीटरमारिट्जबर्ग स्टेशन के वेटिंग रूम में पहुंचे । वहां सारी रात वो यही सोचते रहे कि क्या उन्हें झुक जाना चाहिए । भारत वापस लौट जाना चाहिए या फिर भारतीयों पर हो रहे अन्याय के खिलाफ संघर्ष करना

चाहिए । इस अपमान के सम्बन्ध में गांधी ने अपनी आत्मकथा में लिखा है "मैंने अपने धर्म का विचार किया कि या तो मुझे अपने अधिकारों के लिए लड़ना चाहिए या लौट जाना चाहिए, नहीं तो जो अपमान हों, उन्हें सहकर प्रिटोरिया पहुंचना चाहिए और मुकदमा खत्म करके देश लौट जाना चाहिए । मुकदमा अधूरा छोड़कर भागना तो नामर्दी होगी । मुझे जो कष्ट सहना पड़ा है, सो तो ऊपरी कष्ट है । वह गहराई तक पैठे हुए महारोग का लक्षण है । यह महारोग है- रंग-द्वेष । यदि मुझमें इस गहरे रोग को मिटाने की शक्ति हो, तो उस शक्ति का उपयोग मुझे करना चाहिए । ऐसा करते हुए स्वयं को कष्ट सहने पड़ें सो सब सहने चाहिए और उनका विरोध रंग-द्वेष को मिटाने की दृष्टि से ही करना चाहिए ।"

गांधी तब ना महात्मा थे और ना ही राष्ट्रपिता... वो तब सिर्फ एक बैरिस्टर थे । लेकिन ट्रेन में हुई इस घटना ने उन्हें जाने अनजाने में महात्मा बनने की ओर अग्रसर किया । 7 जून 1893 की उस रात दक्षिण अफ्रीका के पीटरमारिट्जबर्ग में गांधी के सत्याग्रह की नींव पड़ चुकी थी । गांधी को तब नहीं पता था कि उनका यही हथियार कभी भारत की आजादी का रास्ता भी खोलेगा जिसने स्वतंत्रता संग्राम में महत्वपूर्ण भूमिका निभाई थी और ब्रिटिश साम्राज्य की नींव हिला दी थी ।

दक्षिण अफ्रीका में अपने सत्याग्रह की कामयाबी के बाद गांधी जब 1915 में भारत लौटे तो उन्होंने कभी फ़र्स्ट क्लास का रुख नहीं किया और हमेशा तीसरे दर्जे के डिब्बे में ही सफ़र किया । अप्रैल, 1915 में जब गांधी और कस्तूरबा हरिद्वार से मद्रास पहुंचे, तो स्टेशन पर उनके स्वागत में आए लोग उन्हें ढूंढ़ ही नहीं पाए । गाँधी उन्हें तब मिले जब एक ट्रेन गार्ड ने उन्हें बताया कि गांधी तीसरे दर्जे में ट्रेन के सबसे आखिरी डिब्बे में हैं ।

भारत में भी रेल गांधी के लिए जीवनरेखा बनी । यह उनके लिए भारत को जानने और लोगों से जुड़ने का सशक्त माध्यम साबित हुई । वह रेल यातायात जिसे अंग्रेजों ने भारत में अपना व्यापार सुदृढ़

करने और अपने पांव मजबूती से जमाने के लिए स्थापित किया था, उसका प्रयोग गांधी ब्रिटिश साम्राज्य को नेस्तनाबूद करने के लिए करेंगे, ऐसा तो अंग्रेजों ने सपने में भी नहीं सोचा होगा । उस समय जनजीवन को गहराई से जानने और जनता से संपर्क स्थपित करने के लिए रेल का जितना इस्तेमाल गांधी ने किया उतना किसी अन्य भारतीय नेता ने नहीं । यहां तक कि गांधी की भारत में पहली गिरफ्तारी भी एक रेलवे स्टेशन पर ही हुई थी । जी हां, हरियाणा का ऐतिहासिक जिला पलवल राष्ट्रपिता महात्मा गांधी की यादों को संजोए हुए है । काले कानून के रूप में कुख्यात दमनकारी रोलट एक्ट के खिलाफ सत्याग्रह करने पर गांधीजी को 10 अप्रैल 1919 को पलवल रेलवे स्टेशन पर ब्रिटिश पुलिस ने गिरफ्तार किया था । दरअसल ब्रिटिश सरकार ने स्वाधीनता आंदोलन को कुचलने के लिए ये एक्ट पास किया था । इसके विरुद्ध गांधी ने जनता को साथ लेकर आंदोलन किया । 6 अप्रैल की हड़ताल पंजाब में विशेष रूप से सफल रही । तभी गांधी जी के पंजाब आगमन की खबर फैली । ब्रिटिश सरकार ने भयभीत हो उनके पंजाब में प्रवेश पर पाबन्दी लगा दी ।

गांधीजी ने इस प्रतिबन्ध की परवाह नहीं की और मुंबई से ट्रेन में सवार होकर लाहौर के लिए रवाना हो गए। जैसे ही गांधी जी की ट्रेन पलवल रेलवे स्टेशन पर पहुंची तभी ब्रिटिश सरकार ने उन्हें गिरफ्तार कर लिया । गांधी की इस गिरफ्तारी को ब्रिटिश सरकार द्वारा पहली गिरफ्तारी बताया जाता है । इस गिरफ्तारी के विरोध में जगह -जगह विरोध प्रदर्शन हुए ।

इनकी इस गिरफ्तारी की याद को संजोए रखने के लिए तब स्वाधीनता सेनानियों ने पलवल में एक आश्रम की स्थापना की जिसकी नींव नेताजी सुभाष चन्द्र बोस द्वारा रखी गई थी ।

गांधीजी और उनके द्वारा चलाए गए आंदोलनों में रेल ने अत्यंत महत्वपूर्ण भूमिका निभाई थी जो उनकी आश्रम व्यवस्था की भी पूरक बनी ।

(आत्मकथात्मक शैली में आलेख)

भारतीय रेलवे

मनीष कुमार श्रीवास्तव

रायबरेली (उ.प्र.)

मैं, भारतीय रेल, मेरा इतिहास बहुत ही पुराना है । आज मैं जिस मुकाम पर खड़ी हूं, उसके पीछे एक सतत विकास की कहानी है । यह कहानी महान वैज्ञानिक जेम्स वाट की कहानी से शुरू होती है। जेम्स वाट ने भाप इंजन को सर्वश्रेष्ठ रूप में परिष्कृत करते हुए पूरे विश्व को एक ऐसी उपलब्धि प्रदान की जो आज संपूर्ण विश्व की जीवन रेखा बना हुआ है । मैंने विश्व रेलवे की उस कोख से जन्म लिया जो 27 सितंबर 1825 को शुरू हुआ था । उस दिन 38 रेल डिब्बों में 600 यात्रियों को लेकर भाप इंजन की सहायता से रेलवे ने अपना पहला सफर लंदन के डार्लिंगटन से स्टॉकहोम के बीच शुरू किया था । पूरी दुनिया के लिए यह बड़ा आश्चर्यजनक और उत्साहवर्धक पल था । तत्पश्चात विश्व के विभिन्न देशों द्वारा विभिन्न परिष्कृत रूपों में मुझे चलाया जाने लगा ।

विश्व रेलवे के गर्भ से उत्पन्न होकर मेरा आगमन भारत में हुआ । 16 अप्रैल 1853 को जब मैं 400 यात्रियों को लेकर मुंबई के बोरीबंदर स्टेशन (वर्तमान छत्रपति शिवाजी टर्मिनल, मुंबई) से थाना (वर्तमान ठाणे) को चली तो पूरा देश खुशियों से झूम उठा । मैंने 21 मील की इस यात्रा को 57 मिनट में पूरा किया । मेरी यह यात्रा भारतीय इतिहास में मील का पत्थर साबित हुई।

ग्रेट इंडियन पेनिनसुला रेलवे द्वारा 1925 में मुझे पहली इलेक्ट्रिक ट्रेन का गौरव प्रदान किया गया । पूर्व भारतीय रेलवे द्वारा 1945 में पहली बार मुझे डीजल इंजन द्वारा चलाया गया। तमाम झंझावातों

से निकलते हुए जब भारत देश आजाद हुआ तो मुझे एक संगठित रूप प्राप्त हुआ जिसे कई रेलवे क्षेत्रों में विभाजित किया गया । वर्तमान परिस्थितियों के अनुसार मुझे समय-समय पर सुरक्षित और परिष्कृत रूप दिया गया, सुरक्षा के विभिन्न मापदंडों को अपनाया गया जिससे कोई असुविधा ना हो ।

1971 में तत्कालीन राष्ट्रपति श्री वी. वी. गिरि द्वारा मेरे लिए नई दिल्ली में एक राष्ट्रीय रेल संग्रहालय का उद्घाटन किया गया जो वर्तमान में एक अंतरराष्ट्रीय ख्याति प्राप्त संग्रहालय है । सन 1984 को एक और नगीना मेरे ताज में जोड़ा गया जब भारत की पहली मेट्रो ट्रेन का शुभारंभ कोलकाता (पूर्व कलकत्ता) में हुआ । आज कई शहरों में मेट्रो ट्रेंस हो गई हैं जो शहरों की जीवन रेखा साबित हुई हैं । रेलवे स्टेशन छत्रपति शिवाजी टर्मिनल मुंबई, भारत की पर्वतीय रेल, यूनेस्को की विश्व धरोहर में शामिल हैं । यह मेरे लिए बहुत ही गर्व का विषय है ।

कुछ परिस्थितियों में मुझे संघर्ष भी करना पड़ता रहा है, सुरक्षा के कुछ इंतजामों में कमी भी देखी जाती रही है । कभी-कभी कुछ दुर्घटनाओं का शिकार भी मैं हुई। मुझे बहुत गर्व होता है कि इन तमाम मुसीबतों के बाद भी मैं विस्तृत रूप लेते हुए आज पूरे देश का प्राणाधार हूं । प्रतिदिन लाखों यात्रियों व माल का परिवहन मेरे द्वारा किया जाता है ।

आज वर्तमान में मैं विश्व की बड़ी रेल सेवाओं में से एक हूं । यह मेरे लिए बहुत ही सौभाग्य का विषय है। अभी हाल में ही मेरे एक नवीन परिष्कृत रूप-बुलेट ट्रेन परियोजना का शुभारंभ भारत सरकार ने जापान सरकार के सहयोग से अहमदाबाद से मुंबई के बीच किया है । मुझे विश्वास है कि मैं अपने इस कर्त्तव्य का भी सफलतापूर्वक निर्वहन करूँगी । इस प्रकार से मैं, भारतीय रेल, अपने देश को एक समृद्ध विकसित राष्ट्र के रूप में परिष्कृत करने में मदद कर रही हूँ । मैं उम्मीद करती हूं कि मेरी यह यात्रा अनवरत रूप से विकास के लिए चलती रहेगी ।

कविता

रेलगाड़ी में....

सबीर उस्मानी

दुबई

सफ़र करके ज़रा देखो कभी तुम रेलगाड़ी में,
ज़माने भर की पाओगे ख़ुशी तुम रेलगाड़ी में ।

कहीं पर प्यार की बातें, कहीं तकरार की बातें,
कहीं चर्चा सियासत पे, कहीं सरकार की बातें,
ख़बर दुनिया की पाओगे कई तुम रेलगाड़ी में,
सफ़र करके ज़रा देखो कभी तुम रेलगाड़ी में ।

किसी को चाय की ख़्वाहिश, किसी को पान का चस्का,
समोसा कोई लेता है, किसी को चाहिए गुटका,
मंझे किरदार देखोगे सभी तुम रेलगाड़ी में,
सफ़र करके ज़रा देखो कभी तुम रेलगाड़ी में ।

अगर परिचय नहीं भी है तो परिचय ढूँढ लेना तुम,
किसी से बात कैसे हो वो जरिया ढूँढ लेना तुम,
न पाओगे कोई फिर अजनबी तुम रेलगाड़ी में,
सफ़र करके ज़रा देखो कभी तुम रेलगाड़ी में ।

वो हिन्दू हो कि मुस्लिम हो सभी को साथ ले जाये,
कभी चलना, कभी रुकना मगर दिन-रात ले जाये,
कि पाओगे मुहब्बत बस अजी तुम रेलगाड़ी में,
सफ़र करके ज़रा देखो कभी तुम रेलगाड़ी में ।

मुहब्बत का सबक़ देखो सिखाती है सदा हमको,
कहानी एकता की ये सुनाती है सदा हमको,
सुनोगे रोज़ ही बातें नयी तुम रेलगाड़ी में,
सफ़र करके ज़रा देखो कभी तुम रेलगाड़ी में ।

कि खिड़की खोलकर साबिर नज़ारे देख लेना तुम,
सुहानी शब जो हो जाये सितारे देख लेना तुम,
उतरते देखना फिर चाँदनी तुम रेलगाड़ी में,
सफ़र करके ज़रा देखो कभी तुम रेलगाड़ी में ।

कहानी

चाचा जी

विभांशु भास्कर

इलाहाबाद (उ.प्र.)

कुछ दिन पहले मुझे एक सरकारी नौकरी से सम्बंधित परीक्षा देने के लिए घर के नजदीक ही एक स्टेशन से भोर में ही गाड़ी पकड़ कर जाना पड़ा... इतने बड़े सफर का कोई हमसफ़र नहीं था सिवाय मेरे एक बैग, जिसमे अम्मा के द्वारा दिए गये परांठे, कुछ प्रतियोगी परीक्षा से सम्बंधित मैगजीन, एक बॉटल के.. संयोग से मुझको खिड़की के तरफ की सीट मिल गयी जो मेरा सबसे प्रिय स्थान होता है... मेरे बगल वाली सीट पर एक अधेड़ उम्र के 'चाचा जी' जो एक सरकारी अध्यापक थे, और उसके सामने वाली सीट पर कुछ हमउम्र प्रतियोगी छात्र थे जो आपस में जोर-जोर से ठहाके लगा कर बात कर रहे थे ..कभी-कभी चाचाजी कुछ व्यंग्यात्मक अंदाज में उनकी बातों में हस्तक्षेप कर देते जिससे सभी यात्रियों के चहरे पर से थकान की लकीरें मिट जाती, रेलगाड़ी भी हर प्लेटफॉर्म पर रुक-रुक कर चल रही थी मानो हमें यही बता रही थी कि जिंदगी में भी कई प्लेटफॉर्म आते है परन्तु हमें जब तक अपना निर्धारित लक्ष्य ना मिल जाए, हमें रुकना अथवा थकना नहीं चाहिए...

यह मेरी पहली प्रतियोगी परीक्षा थी इसलिए मन में एक भय समाया हुआ था जिसके कारण मै कभी बैग से नोट्स तो कभी सामान्य ज्ञान की मैगज़ीन निकालता और पढ़ना शुरू कर देता परन्तु यह ध्यान कुछ ही मिनटों में भंग हो जाता...क्योकि खिड़की से दिखते हरे-हरे घास के मैदान, खेत, कुएं, कच्चे मकान आदि उस समय के मेरे सबसे बड़े बैरी बन चुके थे... लेकिन शायद वो सभी मेरे कानों में यही कह रहे थे

कि जिंदगी भी कुछ इसी तरह का सफर है जिसके उतार-चढ़ावों से कभी घबराना मत और सफर जारी रखना...

इसी बीच एक छोटे से स्टेशन पर गाड़ी रुक जाती है...

एक सांवली सी लड़की जिसकी उम्र कुछ 20-21 वर्ष रही होगी, जिसके हाथ में एक छोटा सा थैला था और गोद में बच्चा था और दुपट्टे से अपना सिर ढँकते हुए बोली... चाचा थोड़ा उधर खिसक जाइये, मैं बच्चे को गोदी में लिए देर तक यूं खड़ी नहीं हो सकती ...चाचा जी ने सभ्य नागरिक का परिचय देते हुए उसे अपने बगल की जगह दे दी । तभी गाड़ी एक जोर की सिटी के साथ स्टेशन से रवाना हो गयी..

लड़की से बात करने से हमें पता चला कि उसका पति पास के शहर में एक छोटे सी कंपनी में काम करता था लेकिन आज सुबह ही ट्रक से चावल की बोरी निकालते समय बोरियाँ उसके ऊपर गिर गयी... जिसके कारण उसका दाहिने पैर की हड्डी टूट गयी है और वह एक अस्पताल में भर्ती है, जिसे देखने के लिए वह वहां जा रही थी....

सफर की थकान से चाचा जी भी सुस्त हो गए थे और निद्रा मग्न हो गए ...मै भी पूर्व की भांति पुनः उन पन्नों पर ध्यान केंद्रित करने का प्रयत्न करने लगा.... लगभग एक से डेढ़ घंटा बीत चुका था । अचानक चाचा जी के चीखने की आवाज ने सबको चौंका दिया... मेरे थैले में रखा मेरा पर्स गायब हो गया जिसमे मेरे दो हजार रूपए थे और मेरे कुछ जरूरी दस्तावेज थे... चाचा जी ने कभी अपने पैंट की जेब, कभी सीट, कभी बैग को तलाशना शुरू कर दिया....

सभी यात्री चकित थे क्योकि कोई अन्य व्यक्ति अभी तक वहां नहीं आया था... कुछ ने सभी की जेब की तलाशी लेने, तो कुछ ने रेल विभाग के कर्मचारियों से शिकायत करने के सुझाव दिए । चाचा जी ने रेल पुलिस फोर्स (R.P.F.) के टॉल फ्री नंबर पर फ़ोन लगाया । उधर से आश्वासन मिला कि अगले स्टेशन पर तैनात जवान आपकी मदद करेंगे ... कुछ ही मिनटों में अगला स्टेशन भी आ पहुंचा... खट-खट की आवाज के साथ एक महिला और एक पुरुष सिपाही ने अंदर प्रवेश किया...

कांता प्रसाद कौन है ..? सिपाही ने पूछा ...

जी मैं हूं... चाचाजी ने कहा...... बात को जारी रखते हुए चाचा जी बोले कि चोरी की शिकायत हमने की थी परन्तु अभी चंद मिनट पहले मुझे मेरा पर्स वापस मिल गया, अतः अब आप जा सकते है....

मुझे चाचा जी का ये उत्तर सुन अजीब लगा ..चंद सेकंड पहले तक इनका पर्स गायब था, फिर अचानक मिल कैसे गया ...

गाड़ी फिर चल पड़ी । अगला स्टेशन बहुत बड़ा था, और सामान्यतः वहाँ पर गाड़ी 10-15 मिनट तक रुकती है.. इन सब के बीच मेरा मन यह मानने को तैयार नहीं था की चाचाजी का पर्स मिल गया...तभी अगला स्टेशन आ गया... वो लड़की सीट से उठने लगी, शायद उसे यहीं उतरना था...लेकिन चाचा जी भी उसके पीछे-पीछे उतरने लगे... मुझको भी प्यास लगी हुई थी इसलिए मैं भी बॉटल भरने के लिए स्टेशन पर उतर गया ...

चाचा जी मुझसे कुछ दूरी पर ही थे, अचानक चाचा जी ने उस लड़की को रुकने के लिए कहा और उसके पास पहुंचे ...उस लड़की के चहरे पर पसीना आ गया। कुछ घबराई-घबराई सी नजर रही थी ....चाचाजी ने कहा-तुम्हारे थैले में एक पर्स है, वो मेरा है और तुमने चुराया है उसे ..ये मैं जनता हूं क्योंकि जैसे ही मैंने पुलिस को फ़ोन किया वैसे ही चंद सेकंड बाद ही मैंने तुम्हारे थैले से झलकते अपने पर्स को देख लिया था... चाहता तो मैं तुम्हें पुलिस के हवाले कर देता लेकिन मैंने ऐसा नहीं किया क्योकि मुझे तुममें एक चोर का चेहरा नहीं दिखा, बल्कि एक बेबस लड़की का मासूम चेहरा दिखा । लड़की चाचा जी के पैरों में गिर कर रोने लगी और पर्स लौटाने लगी । परन्तु चाचा जी ने अपने दस्तावेजों को उस पर्स में से निकालकर रुपये सहित उस लड़की के हाथ में रख दिया और अपनी सीट पर जाकर बैठ गए ..ये वाकया देखकर मैं निःशब्द था । बॉटल में पानी भरा और संतोष की गहरी सांसे लेते हुए, पानी पीते हुए आकर अपनी सीट पर बैठ गया...... और खुद पर गर्व हुआ कि मैं उस देश का बेटा हूं जहां आज भी चाचा जी जैसे लोग रहते हैं जो इंसानियत को दौलत से ज्यादा अहमियत देते हैं ।

कहानी

अंतर्द्वंद्व

डॉ. भारती वर्मा बौड़ाई

देहरादून (उत्तरांचल)

भागते-भागते ध्वन्या ने आखिर रेल पकड़ ही ली । जिस तरह ट्रैफिक में फँसी थी उसने सोच लिया था कि आज ट्रेन मिलने से रही । टिकट तो बर्बाद होता ही, पूरे चौबीस घंटे दूसरी रेल की प्रतीक्षा करनी पड़ती । "चलो परेशानी से तो बची मैं".... सोचते हुए अपनी सीट के नीचे सामान रख कर राहत की साँस लेते हुए बैठ गई। सामने की सीट पर एक वृद्ध आकर बैठे । ध्वन्या को उनका उसकी ओर जब-तब देखना बड़ा अजीब सा लग रहा, "हैं तो दादा जी की उम्र के! पर दृष्टि में कितनी गंदगी भरी है । अपने काम से काम से काम रखो न । पर नहीं जी! इन्हें तो लड़की को घूरना है बस"... सोचते हुए मोबाइल खोला और ईयरफोन लगा कर गाने सुनने लगी ।

"बेटी ! एक बर्फी खाकर देखो । तुम्हारी दादी ने जबरदस्ती बैग में रख दी । कितना कहा कि ट्रेन में सब कुछ मिलता है, पर कहाँ मानने वाली ।"

"नहीं, थैंक्स! मुझे मीठा पसंद नहीं है" ...कह कर मोबाइल में लग गई ।

कैसे बात करने के बहाने ढूँढ रहा है । ये बूढ़े तो हो जाते हैं, पर विकृतियाँ इनकी जवान ही बनी रहती हैं ।

खाना आया तो खाने के बाद सीट पर चादर बिछाई और सोने के लिए लेट गई। थकी थी तो नींद भी आ गई ।

अचानक जोर-जोर से बोलने की आवाज से उसकी नींद

खुली। सोई लड़की को जगाने का कोई तुक है। तमीज नहीं क्या? कैसे टी.टी.ई. हैं आप? लगता है कोई बेटी नहीं है आपकी?

आप जो इस सोई लड़की की इतनी पैरवी कर रहे हैं, क्या रिश्ता है भला आपका? आए बड़े मुझे तमीज सिखाने वाले!

रिश्ता पूछता है मुझसे? दादा हूँ मैं उसका। मेरी पोती है वो। समझा या नहीं।

ठीक है ताऊ जी। सो जाइए आराम से... कह कर टी.टी.ई. भी आगे सरक लिया।

ध्वन्या को अब अपनी सोच पर बहुत शर्म आ रही थी। कैसे उसने एक तराजू में उन्हें भी तोल डाला!

"क्या हुआ दादा जी?"

अरे! कुछ नहीं बेटी! सोई हुई लड़की को जगा कर टिकट देखने के लिए परेशान करना कोई बात है भला! तुम सोओ आराम से। मैं हूँ न!

"जी दादा जी!" ...अब उसे उनमें अपने दादा जी दिखाई दे रहे थे। वह निश्चिंत होकर लेट गई।

कविता

हम

शालिनी सुमन

नीमराना फोर्ट (राजस्थान)

रेल की दो पटरियों के जैसे हम,
साथ तो नहीं पर एक दूसरे के लिए जरूरी हम ।
एक जैसे ही एहसास हैं हमारे, एक जैसी ही मंजिलें भी,
हां, रेल की दो पटरियो के जैसे हम,
साथ तो नहीं पर एक दूसरे के लिए जरूरी हम ।
रेल जरिया है सवारियों को मंजिल तक पहुंचाने का,
हम जरिया हैं अपनी जिम्मेदारियों को आखिर तक निभाने का,
बस साथ नहीं हम, पर एक दूसरे के बिना अधूरे हम ।
रेल चलती है पटरियों पर,
कई ख्वाहिशें और अरमान लिये यात्रियों के संग,
वैसे ही कई ख्वाहिशों और सपनों को,
पूरा करने के लिये साथ चलते हैं हम,
वास्तव मे एक दूसरे के बिना अधूरे हैं हम ।
पता है हमको, रेल की पटरियों की तरह कभी मिलन संभव नहीं,
पर जुड़े एक अनोखे रिश्ते के संग हम, हम अलग भी नहीं ।
इस रिश्ते का कोई नाम तो नहीं, पर हर नाम के रिश्ते से बढ़कर है,
एक दूसरे के संग न होकर भी एक दूसरे के संग हम,
रेल की दो पटरियों के जैसे हम ।

यात्रा-वृतांत

पहली रेलयात्रा

रंगनाथ दूबे

जौनपुर (उ.प्र)

यूं तो गाहे-बगाहे अपने आस-पास मैंने रेल से कई लघु यात्रायें की है, लेकिन उन यात्राओं की दूरी ज्यादा से ज्यादा 20 से 30 किलोमीटर रही है। इसलिये इन्हें मैं अपनी मुकम्मल रेलयात्रा नहीं कह सकता। हां वर्ष 2018 की परिस्थितियों ने मुझे बीमारी की अवस्था में पहली बार एक मुकम्मल और पूर्ण रेलयात्रा करायी। तो इसे ही मैं अब तलक की अपनी सार्वकालिक श्रेष्ठ व पूर्ण रेल यात्रा मानता हूं। मुंबई से ज्यों ही रेल पटरियों पर चलना व दौड़ना शुरु हुई, मुझे जैसे दुनिया जहान की प्रसन्नता मिल गई। मुंबई जैसा महानगर और आर्थिक राजधानी मेरे बीमार होने की दशा में इलाज के मामले में जौनपुर से कहीं ज्यादा बेहतर और सर्वोत्कृष्ट रही, लेकिन "हम संवेदनशील कलम वाले जाने क्यों जीवन की मशीनी आपाधापी और इतने बड़े कंक्रीट के जंगल से अपनी संवेदना का तालमेल नहीं बैठा पाते।"

वैसे भी मुंबई प्रवास के समय लगा कि इस महानगर में हमारे जनपद जौनपुर के हर घर से कुछ न कुछ लोग अपने अथक प्रयास से रोज़ी रोटी पा रहे है। इतना ही नहीं हमारे जौनपुर के चंद लोग तो यहाँ की आर्थिक, राजनैतिक व सामाजिक व्यवस्था के वे मील के पत्थर हैं जिन्हें मुंबई नकार नहीं सकती।

मेरी दवा व इलाज करवाने के बाद की वापसी-केवल एक मरीज की वापसी नहीं, मेरे अंदर के एक साहित्यकार की भी वापसी थी, जिसे मैंने अपने रेल के डिब्बे में महसूस किया, जो रेल का डिब्बा जाते वक्त नीरस व बेजान सा लगा था, वही रेल का डिब्बा घर वापसी

के समय महज़ एक रेल का डिब्बा भर नहीं अपितु हमारे यहाँ का पूरा गाँव लगा ।

और रेल के डिब्बे का गाँव अपने में सब कुछ समेटे था, इसमें गाँव की सरलता के साथ ही वो सोंधापन था, जिसके चलते हमारे जौनपुर का हर गाँव जाना जाता है । ठेठ ग्रामीण अंदाज़ मे कुछ राजनैतिक चर्चा-परिचर्चा इस यात्रा को और यादगार बना रही थी और मैं खुद इस रेलयात्रा में किसी लेखक के यात्रा-वृत्तांत को जी रहा था ।

हाँ, इस रेलयात्रा में मेरे अंदर के लेखक को एक बात कचोट रही थी, उस डिब्बे की खुली खिड़की के पास बैठी अपने आप में खोई हुई सी लड़की..... एक प्रश्न चिह्न थी । ऐसा लग रहा था मानो असह्य पीड़ा में आकंठ डूब चुकी हो । खिड़की के बाहर ताकते हुए वो शायद अपने जीवन से जुड़े प्रश्नों का आत्म-मंथन करती रही । सच... मैं कवि तो था, लेखक भी था, लेकिन किसी कैनवास का चित्रकार न था, लेकिन फिर भी ये लड़की मेरी रेलयात्रा के कैनवास की एक मोनालिसा बनकर रह गई है ।

संस्मरण

वो अंधेरी रात

कंचन पाण्डेय

फारबिसगंज (बिहार)

बहुत समय पहले की बात है । इस बात को लगभग पंद्रह वर्ष हो गए होंगे । मैं अपनी माँ के इलाज के लिए दिल्ली गई थी । वहाँ इलाज के पश्चात पता चला कि हृदय में कोई ज्यादा खराबी नहीं है । औषधीय चिकित्सा से ठीक हो जाएँगी । यह सुनकर हम अत्यंत प्रसन्न हुए । लेकिन हमने लौटने का टिकट नहीं लिया था क्योंकि चिकित्सा कितनी लम्बी चलेगी, पता नहीं था । अस्पताल के चक्कर में बीस पच्चीस दिन कैसे बीत गए, पता ही नहीं चला । अब तो मेरे पापा और मेरे पति को ऑफिस की याद आने लगी । हमने मिलकर यह विचार किया कि अब यहाँ रहकर कोई फायदा नहीं है । अब किसी भी ट्रेन की टिकट मिल जाए तो घर पहुंचें । मेरी माँ भी इन परेशानियों से थक गई थी । जैसे-तैसे टिकट का इंतजाम हुआ और हम घर के लिए निकले । ट्रेन सुबह के पांच बजे थी लेकिन हम डेरे को तीन बजे छोड़ने के विचार से सो गए । लेकिन निकलते-निकलते सवा तीन... तीन बीस हो गई थी । ट्रेन में बैठी तब दिल ने सुकून की साँस ली कि चलो कल शाम के सात-आठ बजे तक घर पहुंच ही जाएँगे ।

हम लोगों ने चलने से पहले बहुत सारा खाने का समान साथ में रख लिया था, इसलिए खाने की चिंता नहीं थी और रास्ते में खरीद कर खाना नहीं था क्योंकि अगर किसी ने कुछ मिलाकर खिला दिया तब क्या होगा। समान ले जाएँगे उसका इतना गम नहीं, लेकिन किसी को कुछ हो जाएगा तो कौन देखेगा? कौन बचाएगा? और अगर मेरे बच्चे को कोई उठा ले गया तब क्या होगा? यह बातें भी दिमाग में पहले से

घर बनाए हुए थी और मेरे पापा ने तो साफ-साफ मना कर दिया था कि बाहर की चाय तक नहीं पीनी है । इस तरह रात हो गई । हम लोगों ने खाना खाया और उसी बीच मेरे पति एक स्टेशन पर उतर कर पांच छह पानी की बोतल खरीद लाए। उसके बाद हम सो गए । सुबह मेरे पापा की नींद खुली तो बड़े खुश होकर बोले... अरे वाह हम गंगा जी के ऊपर से गुजर रहे हैं । शायद पटना आ गए हैं । मैं भी खुशी से उठकर बैठ गई। जैसे मेरी नींद ही उड़ गई ।

मैं फिर से सोने की कोशिश करने लगी कि शायद मेरे सोने से यह समय जल्दी-जल्दी निकल जाएगा या फिर ट्रेन जल्दी से मंजिल पर पहुँचा देगी । मेरी इस सोच के बारे में सोचकर मुझे आज भी हँसी आती है लेकिन जैसे-जैसे अँधेरे को चीरकर सूर्य भगवान ने अपना उजाला फैलाया, तब पता चला कि पटना पहुँचने में अभी समय है । मन तो अब थक गया था और एक चाय की तड़प! वैसे चाय की उतनी आदत तो नहीं थी लेकिन सुबह-सुबह उसकी याद दस्तक दे ही गई । लेकिन पापा की हिदायत दिल से दिमाग तक दौड़ लगा रही थी लेकिन बारह बजे तक बरौनी से निकल गए, तब लगा कि अब हम लोग समय पर हैं । पर यह क्या! बरौनी के बाद ट्रेन रूक गई जैसे अभी आसमान में थे और अभी तुरंत दलदल में फँस गए और दलदल भी कैसा जो ना ही अपने में समेट रहा है, ना निकलने के लिए ट्रेन को कोई रास्ता ही दे रहा है! अब तो भूख है की सिर चढ़ कर बोल रही थी लेकिन मन अब फिर वही खाने को तैयार नहीं था । कभी पेड़े वाला तो कभी भुजिया वाला... आवाज़ लगाकर भूख को और बढ़ा रहा था ।

दूसरी ओर ट्रेन अपनी जगह डटी हुई थी । कोई कहता अरे वह ट्रेन निकल जाएगी, तब यह चलेगी । देखते-देखते कितनी ही ट्रेनस बगल से होकर निकल गई लेकिन हमारी ट्रेन वहीं की वहीं खड़ी थी । अब तो घर सात-आठ बजे पहुँचने का सपना टूटता हुआ नजर आ रहा था और टूट ही चुका था । संयोग से केले बेचने वाले ने आवाज लगाई । पापा जी ने केले खरीद कर सभी को दिए । खाने का मन नहीं था लेकिन पेट तो भरना ही

था । उस बीच एक व्यक्ति ट्रेन में चढ़ा जिसे आँख से दिखाई नहीं देता था । हाथ में एक टेढ़ी-मेढ़ी थाली थी जिसे बजाकर गाना गा रहे थे- 'गरीबों की सुनो, वो तुम्हारी सुनेगा । तुम एक पैसा दोगे, वो दस लाख देगा ।' जीवन का यह रूप देखकर अभी मुझे अपनी परेशानी तो कुछ नहीं लग रही थी और कुछ पल चैन से गुज़रे । लेकिन फिर वही कशमकश इस तरह चलते-रूकते रात के एक बजे ट्रेन जब कटिहार जंक्शन पहुंची, तब चारों ओर कोहरा छाया हुआ था ।

दूर-दूर तक कोई नहीं... मुश्किल से एक दो लोग थे । चारों ओर सन्नाटा छाया हुआ था । रोशनी तो कोहरे में गायब ही हो गई थी । बारह बजे की ट्रेन तो निकल चुकी थी लेकिन दो बजे खुलने वाली ट्रेन खड़ी थी । क्या करें क्या नहीं! सभी का यही विचार हुआ कि पांच बजे की ट्रेन का इंतजार नहीं करते हुए अभी ट्रेन में बैठा जाए, दो बजे खुल जाएगी और सोते-सोते पांच बजे घर भी पहुंच जाएँगे । उस कोहरे से घिरी रात में बाहर से लेकर ट्रेन के अंदर तक मुश्किल से दस-बारह आदमी और अभी भी लम्बा सफर! ओह अजीब डरावना मंजर था! पापा और मेरे पति टिकट लेने चले गए । डिब्बे के अंदर घोर अँधेरा था, मन डरा हुआ था लेकिन अपने घर के आस-पास होने का अहसास एक अजीब सी शक्ति भी प्रदान कर रहा था । ट्रेन में बैठने के साथ ही मेरी नज़र बाहर खड़े एक सूट बूट वाले आदमी पर गई, जो हाथ में फाइल लेकर खड़ा था । कुछ समय के बाद वह नजरों से ओझल हो गया और अचानक जिस डिब्बे में हम लोग बैठे थे, आकर बैठ गया ।

मैं अपनी माँ को देख रही थी और माँ मुझे । और मन ही मन लग रहा था कि चलो कोई और साथ तो है फिर दूसरे ही पल मन शंका से घिर जाता था क्योंकि उस समय ट्रेन में चौरी डकैती का सिलसिला चला हुआ था । मन डर के मारे एक कोने में जाकर छिप जाना चाहता था और मेरा मन बार-बार यह कह रहा था .... अरे पापा कहाँ हैं आप? उस व्यक्ति की आवाज में इतनी मधुरता थी कि जैसे लग रहा था कि न जाने कब से वह हम लोगों को जानता है । अनजान व्यक्ति : 'लगता है आप लोग कहीं दूर से आ रहे हैं ।' मैं: 'हाँ.'

अनजान व्यक्ति: 'कहाँ तक जाना है ।' मैंने जान बूझकर कर एक स्टेशन आगे का नाम लिया । अनजान व्यक्ति : ओ 'अच्छा-अच्छा ।' मैंने हिम्मत करके उस अनजान व्यक्ति से पूछ ही लिया- 'आप कहाँ तक जाएँगे?' उसने पूर्णियां नाम लिया । मैंने बड़े आश्चर्य से उसकी ओर देखा । उसने कहा 'मेरी मीटिंग है कल सुबह दस बजे ।' मैंने कहा: 'आप क्या करते हैं और आप सुबह पांच बजे भी जाते तो एक घंटे में पूर्णिया पहुंच जाते ।'

उसने बड़े ही मीठे स्वर में उत्तर दिया- "मैं इंजीनियर हूँ अभी जाऊँगा तो ठीक होगा" और यह बात मुझे बड़ी अटपटी लगी उसने फिर पूछा: 'आप कितने लोग हैं... सिर्फ दो?' मैंने हिम्मत करके कहा: 'हम दस लोग हैं । ट्रेन खुलने में अभी समय होने के कारण और टिकट भी लेना था वे लोग थोड़ा बाहर तक गए हैं, आ रहे होंगे ।' अनजान व्यक्ति: 'अच्छा ।' उसके बाद वह थोड़ी देर बैठा रहा । फिर अचानक उठा और बिन बोले ट्रेन से निकलते हुए उस कोहरे में न जाने कहाँ गायब हो गया । ओह! अब तो डर ने अपना डेरा बना लिया ।

सारी जानकारी लेकर शायद वह बीच रास्ते में कुछ न कर डाले । जब मेरे पापा और मेरे पति आए तब मैंने सारी बातें बताई और अब तो नींद कहाँ? एक डर बार- बार दस्तक दे रहा था कि कहीं कुछ हो न जाए... मेरे पापा ने कहा सब सो जाओ मत डरो मैं हूँ । मेरे पति भी नहीं सोए । मैंने माँ को सोने के लिए कहा । मैं खुद को भी दिलासा दे रही थी कि कुछ नहीं होगा । अपने बेटे को कलेजे से लगाए कभी आँख बंद करती तो कभी आंखे खोलकर इधर-उधर देखती । ट्रेन अपनी रफ्तार में चली जा रही थी ।

रात के अँधेरे को चीरते हुए वह ट्रेन कहीं नहीं रुकी और अपने समय पर हमें हमारी मंजिल तक पहुँचा दिया । लेकिन इस घटना से यही सीख मिली कि कितनी भी जरूरत क्यों न हो, जल्दी में आकर कोई गलत फैसला नहीं लेना चाहिए । यह सफर केवल एक सफर नहीं एक सीख थी कि जीवन के सफर में ऐसी गलती फिर कभी ना हो ।

कविता

तुम जल्दी आओ (एक)

देवेन्द्र कुमार चौधरी
प्रताप गंज (बिहार)

(कोसी में सहरसा-प्रतापगंज-फारबिसगंज के बीच बड़ी रेल लाइन के आमान परिवर्तन की धीमी प्रक्रिया पर...)

तुम आओ
तुम जल्दी आओ
किसी के भी आने के लिए
दस वर्ष कम नहीं होते
फिर भी तुम नहीं आए।
तुम जानते हो कि
इन क्षेत्रों में आई
वर्ष 2008 की विनाशकारी बाढ़ में
तुम्हारी छोटी-छोटी पटरियों
और स्टेशनों के ध्वस्त होने से
पूर्वी दिशा में
प्रतापगंज से फारबिसगंज जंकशन तक
तुम्हारे बंद होने का जो सिलसिला प्रारंभ हुआ
वह बड़ी रेल लाइन के आमान परिवर्तन के नाम पर
धीरे-धीरे पश्चिमी दिशा में

प्रतापगंज से सरायगढ़, सुपौल होते हुए
सहरसा जंकशन तक आ पहुँचा ।
और आज देखते-देखते
इसे भी पूरे सात वर्ष हो गए...
तुम्हारी अनवरत प्रतीक्षा में
हमारी आँखें चौंधिया गईं
पर फिर भी तुम्हारा आना
पूरी तरह हास्यास्पद बना रहा
कभी-कभी तो सोचने पर
ऐसा लगने लगा कि हम
इक्कीसवीं सदी के मानव ही नहीं हैं ।
जहाँ शहरों में निरन्तर मेट्रो के
जाल बिछ रहे हैं
वहीं कोसी के इन पिछड़े इलाकों में
तुम्हारे सामान्य परिचालन तक ठप्प हैं ।
ऐसे में क्या कहा जाए
तुम्हारे नहीं होने से
विकास के सारे दरवाजे अवरुद्ध हैं
और हमारे जीवन में अंधेरा ही अंधेरा है
लगता है कि जैसे कोसी का यह सम्पूर्ण क्षेत्र
एक टापू में परिवर्तित हो गया है
और वह अन्य महानगरीय क्षेत्रों से
पूरी तरह कटकर

तुम्हारे डब्बे की तरह
अलग हो गया है

इसलिए तुम जल्दी आओ
यदि तुम जल्दी आओगे
तो महानगरों से हमारा सीधा सम्पर्क होगा
हमें रोजगार के नए-नए अवसर प्राप्त होंगे
और हमारी जिंदगियों में भी
खुशियों के तमाम दीप प्रज्ज्वलित हो उठेंगे!

तुम जल्दी आओ (दो)

(कोसी में सहरसा-प्रतापगंज-फारबिसगंज के बीच बड़ी रेल लाइन के आमान परिवर्तन की धीमी प्रक्रिया पर)

तुम आओ
तुम जल्दी आओ
तुम्हारा नहीं आना
और तुम्हारे आने में विलम्ब होना
संदेह पैदा करता है तुम पर
दर्शाता है वह
तुम्हारी उदासीनता को
रेखांकित करता है वह
तुम्हारी जनाकांक्षी भावनाओं की उपेक्षा को
तुम नहीं जानते
कि तुम्हारी पहचान मिटती जा रही है यहाँ

विस्मृत होते जा रहो हो तुम
धुँधली होती जा रही है तुम्हारी छवि
लोगों के मानस से
दूर होते जा रहे हो धीरे-धीरे तुम
केवल सपने बच गए हैं तुम्हारे
और जो बच्चे बड़े हो रहे हैं ।
उन्हें तो पता तक नहीं है
कि तुम्हारे छोटे-छोटे डब्बे में कभी
खुशियाँ भर-भर कर गुजरती थी ।
जिससे कि इन क्षेत्रों का माहौल
सदा खुशनुमा रहा करता था
अब और तुम्हें
क्या-क्या बताएँ?
कि इन बच्चों को तो
'टाइम पास' का मतलब तक पता नहीं ।
कि कैसे ट्रेनों में मूंगफली के साथ-साथ
सफर का वह समय
हंसी-ठिठोली के बीच
देखते-देखते ही निकल जाया करता था
और फिर हमारे माननीय रेल मंत्री
स्वर्गीय ललित बाबू के सपने
किस तरह ललितग्राम में साकार हुआ करते थे
कि प्रतापगंज स्टेशन से तुम्हारे छूटते ही
लोग-बाग एक साथ रोमांचित हो जाया करते थे

क्योंकि कम से कम तुम्हारा
पौन घंटे तक वहाँ रुकना
प्रत्येक यात्री के लिए
पिकनिक स्थल जैसा था
और तुम्हारे पहुँचते ही
तुम्हारे वहाँ रुकते ही
नाश्ते की दुकानों पर
लोगों का हुजूम उमड़ पड़ता था।
जो नहीं उतरना चाहते थे
पकौड़े से निकलने वाली सोंधी-सोंधी गंध
उन्हें भी अपनी ओर खींच लेती थी
पर यह दृश्य अब सपने जैसा है
और लगता है कि तुम्हारा आना भी
अब एक सपने जैसा ही है

इसलिए तुम जल्दी आओ
तो पुनः जिन्दगियाँ रोशन हो उठेंगी
सारे परिदृश्य सजीव हो उठेंगे
और उन सभी स्थलों पर
एक बार फिर खुशियों का महामेला होगा!

संस्मरण

रेल में सार्थक संवाद

राकेश रमण श्रीवास्तव

पटना (बिहार)

सभी स्कूलों में गर्मी की छुट्टियां हो गयी थी.. सहाय जी का गर्मी की छुट्टियों से सीधा कोई संबंध नहीं था...बस एक ही बात थी कि ऐसे महीनों में बच्चों की छुट्टी रहेगी, तो सब घर पर ही मिल जायेंगे और देशाटन पर निकलने पर पर्यटक साथी भी ज्यादा मिलेंगे, तो नये परिवेश में नये-नये लोगों से मिलने का आनंद आयेगा । इन गर्मियों की छुट्टियों में सहाय जी उत्तर की ओर जा रहे थे... पहले दिल्ली और फिर वहाँ से बाकी प्रदेशों में.... यही कोई एक महीने की योजना थी । बेटे ने तीन महीने पहले ही इनके भ्रमण की पूरी योजना बनाकर ट्रेन की टिकटें ऑनलाईन ही बुक कर दी थी.... सहाय जी नीलम जी के साथ एक घंटा पहले ही स्टेशन पहुंच चुके थे ।

राजधानी एक्सप्रेस प्लेटफार्म पर लग चुकी थी और काफी भीड़ के बावजूद ये दोनों भी धीरे-धीरे अपनी बोगी में सवार हो चुके थे । थ्री टायर बोगी में इन दोनों के लिए बर्थ आरक्षित थी । इन लोगों को एक नीचे और एक ऊपर का बर्थ मिला था । उस बोगी में चार डॉक्टरों की एक टोली भी थी...बस थोड़े से अनुरोध पर वो मान गये और नीलम जी के लिए नीचे का बर्थ खाली कर दिया । सब की उम्र यही कोई 30-32 साल के आस-पास की रही होगी । खिड़की वाले साईड बर्थ पर ऊपर नीचे एक मित्रद्वय थे, जो देखने से कुलीन लगते थे ।

सबने अपनी-अपनी जगह ले ली, सामान ऊपर-नीचे स्थिर कर लिए गए...तो अब परिचय का सिलसिला शुरू हुआ...वह भी हो गया, तो अब सब अपनी-अपनी मंडली में गप-शप में तल्लीन हो गये । बस

सहाय जी और नीलम जी उनकी बातें सुनकर कभी मुस्कुराते और कभी सिर हिलाकर सहमति व्यक्त कर देते थे ।

परिचर्चा का विषय बहुत दिलचस्प था । डॉक्टरों का मुख्य विषय अभी सीजन का अच्छा नहीं होना और रोगी का न मिलना था... सब दुखी थे...सबकी व्यथा एक समान थी । लग रहा था मानो किसी की इनसे बहुत अपेक्षायें हैं, जिनको ये पूरा नहीं कर पा रहे हैं और अवसाद में डूबे जा रहे हैं । सहाय जी समझ रहे थे कि देश अपने मूल लक्ष्य से बहुत दूर जा रहा है...और युवा भटक रहे हैं...इन्हें कोई संभालने वाला भी नहीं... इनकी सोच की दिशा ही बदल चुकी है। सहाय जी भी अनावश्यक रूप से दुखी हुए जा रहे थे.. इनसे न रहा गया, तो इन्होंने मुस्कुराते हुए हस्तक्षेप कर ही दिया-

"अगर आप लोग इजाजत दें, तो मैं भी कुछ बोलूँ...अच्छा लग रहा है आप लोगों की बातें सुनना!" और मुस्कुरा दिये ।

"हाँ हाँ अंकल...क्यों नहीं" बहुत संजीदगी से उन लोगों ने इन्हें संभाल लिया था ।

"आपकी बातों से ही पता चला है कि आप लोग किसी न किसी सरकारी अस्पताल में डॉक्टर हैं...एक बात कहूँ अगर आप लोग बुरा न मानें, तो?"

"बिंदास कहिए अंकल" लेकिन सब झेंपने लगे थे ।

"आप लोग सभी डॉक्टर हैं और पहले के जमाने में डॉक्टर, प्रोफेसर और वकीलों की गिनती समाज के प्रबुद्ध वर्ग में होती थी....सबको बहुत सम्मान की नजर से देखा जाता था...तब डॉक्टर को भगवान् का दर्जा प्राप्त हुआ करता था... लेकिन अब समय बहुत बदल गया है.... अब सब पेशेवर हो गये हैं.... सबको बस पैसे की चिंता हो गयी है... इच्छाओं और लालच का तो कोई अंत ही नहीं.... जरूरतें पूरी की जा सकती हैं, इच्छाएं और लालच कभी नहीं...."

अब तक ट्रेन अपनी रफ्तार पकड़ चुकी थी... पेड़, नदियाँ,

पहाड़, गाँव सब पीछे छूटने लगे थे ।

“बिल्कुल सही बोल रहे हैं अंकल” एक ने कहा ।

“अभी आप लोग दुख प्रकट कर रहे थे कि अभी सीजन अच्छा नहीं है और रोगी नहीं आ रहे हैं.... प्रोफेसर क्लास में न पढाकर बस घर पर ट्यूशन पढाना चाह रहे हैं...वकील लोगों को लड़ाकर बस मुकदमे करवा रहे हैं और सब-के-सब सिर्फ अपनी चिंता में लीन हैं ।” सब गालों पर हाथ रखकर एकाग्र होकर सहाय जी की बात सुन रह थे ।

“पहले डॉक्टर कितनी संजीदगी से मरीजों को देखते थे, चाहे घर हो या अस्पताल...सस्ती दवाइयाँ लिखते थे... फिजिशियन सैम्पल में मिली दवाइयाँ गरीब मरीजों में बाँट दिया करते थे... एक्सपायर हुई दवाइयाँ फेंक दी जाती थी ..अब तो सब उलट है”

“बिल्कुल सही अंकल...इस व्यवस्था से हम लोग भी क्षुब्ध हैं... हम लोगों के भी तो परिवार वाले और संबंधी हैं, सब परेशान हैं....चलन ही ऐसा हो गया है...अस्पताल में ज्यादा समय दो और क्लीनिक पर भीड़ ना रहे, तो समाज में प्रतिष्ठा नहीं मिलती ....घरवाले भी इज्जत नहीं करते । अब डॉक्टर मानव कहाँ रहे अंकल!” एक ने कहा।

अब दूसरा शुरू हो गया- “यह प्रोफेशन लगातार गंदा होता जा रहा है अंकल...सब कुछ सैट होता है इस प्रोफशन में...दूर के गाँवों से मरीज जब एंबुलेंस से पटना चलता है, तो रास्ते में ही ड्राईवर उसे यह कहकर भटका देता है कि सरकारी अस्पताल में तो बहुत भीड़ होगी और वहाँ आपका नम्बर आते ही आपके मरीज की हालत खराब हो जायेगी । रोगी के परिजन घबरा जाते हैं और वह उन्हें किसी निजी अस्पताल में पहुँचा देता है और बदले में मोटा पैकेज प्राप्त करता है । अस्पतालों के आस-पास इनके दलाल घूमते हैं, जो मरीजों को फुसलाकर निजी क्लीनिक में ले जाते हैं और बदले में मोटी राशि लेते हैं। और फिर शुरू होता है मरीजों के आर्थिक दोहन का सिलसिला ।”

सहाय जी जानते तो सब थे, इनके पिताजी की मृत्यु इसी व्यूह में फँसकर हुई थी, जब अत्यधिक बीमार पड़ने पर उन्हें शहर के एक

नामी-गिरामी निजी अस्पताल में भर्ती किया गया था, जहाँ उन्हें सात दिनों तक वेंटिलेटर पर रखा गया और हर दिन का बिल 25-26 हजार रूपये वसूल कर हर शाम कोई सुधार नहीं होने और हर सुबह फेफड़े में संक्रमण कम होने और सुधार होने की बात कही जाती थी, ताकि उन्हें हम लोग कहीं ले ना जा सकें.... संभवत: वे भर्ती होने के एक-दो दिन बाद ही देह त्याग चुके थे । साईड खिड़की वाली सीट पर बैठे बच्चे भी बड़े ध्यान से सारी बातें सुन रह थे ।

उनमें से एक बीच में ही मुस्कुराते हुए बोल उठा- "अंकल, इतना कुछ जानकर सचमुच बहुत दुख होता है...अब लोग जायें, तो जायें कहाँ...बहुत दुरूह स्थिति है... शिक्षा जगत की भी स्थिति इससे बहुत अच्छी नहीं है... आपको याद होगा अंकल कि पहले शिक्षकों की कितनी इज्जत हुआ करती थी... उनसे छात्रों में भय हुआ करता था...अब तो शिक्षा की वैज्ञानिक पद्धति और व्यवसायिकरण ने शिक्षा का सत्यानाश करके रख दिया है... तब सिर्फ सरकारी स्कूल ही हुआ करते थे और सबको एक समान ही शिक्षा मिलती थी.... तब कोई वर्ग विभेद भी न था.... इक्का दुक्का ही निजी स्कूल बड़े-बड़े शहरों में ही हुआ करते थे"

सहाय जी ने कहा- "इसमें तो कोई दो मत नहीं कि देश के एक खास वर्ग में शिक्षा के स्तर में कोई सुधार नहीं हुआ है । यह भी एक सार्वभौमिक सत्य है कि बुद्धि हमेशा से राज करती आयी है और भविष्य में भी करती रहेगी । वर्तमान समय में निजी स्कूल कुकुरमुत्ते की तरह हर गली, हर चौराहे पर उग आये हैं। शिक्षा को लोगों ने एक व्यवसाय बना लिया है । सरकारी और निजी स्कूलों के स्तर में इतनी विषमता है कि सरकारी स्कूल के बच्चों में अवसाद की स्थिति उत्पन्न हो जाती है। यहाँ 'हैव' और 'हैव नाट' का अंतर हितों की एवं चिंतन की टकराहट पैदा कर एक नया वर्ग पैदा कर रहा है और सामाजिक व्यवस्था में गहरा अंतर उत्पन्न कर रहा है । मैले, कुचैले और अव्यवस्थित वस्त्रों में सरकारी स्कूल के बच्चे जब कोर्ट, टाई और चकाचक जूतों में चमकते निजी स्कूल के बच्चों को देखते हैं, तो उनमें 'हैव नाट' का गहरा अवसाद उत्पन्न होता है और उन्हें एकटक निहारते रह जाते हैं । यदि

इसे अतिशयोक्ति न कहा जाये, तो सरकारी स्कूल के बच्चों के इसी अवसाद ने उग्रवाद को जन्म दिया है और देश के युवा आतंकवादियों अथवा अलगावादियों की शरण में जा रहे हैं ।”

अब तक ट्रेन 15 मिनट के विश्राम के बाद दीनदयाल स्टेशन से खुल चुकी थी ।

“कहना अनुचित न होगा कि सामाजिक दायित्वों के प्रति विधायिका अथवा कार्यपालिका की अकर्मण्यता के कारण ही प्रशासन तंत्र को न्यायपालिका ने अपने हाथों में ले लिया है। यह देश की सरकारी शिक्षा प्रणाली पर कड़ा प्रहार है और उच्च पद आसीन व्यक्तियों के लिए नसीहत भी कि अपने बच्चों को सरकारी स्कूलों में ही पढा कर देख लें कि देश की अगली पीढ़ी को तैयार करने के लिए उन्होंने शिक्षा की कौन सी व्यवस्था तैयार की है और वह देश के विकास में कितनी सहायक है ।”

एक डॉक्टर ने कहा- “यह उन लोगों के लिए भी नसीहत है, जो यह कहते फिरते हैं कि सरकार निजीकरण को बढावा दे रही है । भारत एक मिश्रित अर्थव्यवस्था है, जहाँ निजी और सरकारी उपक्रम दोनों की निर्माण एवं विकास में भूमिका को स्वीकार किया गया है । यह संवैधानिक व्यवस्था है। यदि निजी क्षेत्र ना होते, तो आजादी के बाद देश का जो स्वरूप हमें सौगात में मिला था, आज इतना विकसित ना हो पाता । जो योग्य युवक और युवतियाँ आरक्षण के चलते सरकारी तंत्र से बाहर होने को मजबूर हैं, उन्हें निजी क्षेत्र ने ही अपने सिर पर बिठाया है, जगह दी है और रोटी दी है। निजी क्षेत्र ने इस सरकारी व्यवस्था का विष पिया है, लोकतंत्र के विद्रुपों को झेलकर उसे संतुलित किया है ।”

“यह एक बहुत गहरा चिंतन का विषय है अंकल । इस पर देश में चर्चा होनी चाहिए थी और व्यवस्था में बदलाव लाने के प्रयास होने चाहिए थे ।”

“बहुत गहरी बात कही आपने....यही कारण है कि देश का युवा वर्ग, जो इस देश की रीढ है, उसमें इतना भटकाव है कि सब बस

अपने हितों की बात सोच रहे हैं।" अब तक नई दिल्ली के आउटर तक गाड़ी पहुँच चुकी थी... सबका मन भारी हो चुका था.....सब लोग सामान समेटते उतरने की तैयारी करने लगे....सबने ने एक-दूसरे को मुस्कुरा कर विदा किया... स्टेशन से बाहर निकलते ही सहाय जी और नीलम जी के बेटी-दामाद अपनी गाड़ी लेकर खड़े थे...... कहाँ जा रहे हैं हम? कैसे संभलेगी हमारी सभ्यता और संस्कृति? कैसे बदलेगा हमारा देश? -इन्हीं सवालों के उत्तर ढूंढते सहाय जी और नीलम जी बेटी-दामाद के घर पहुँच गये थे ।

"ट्रेन की यात्रा कैसी रही पापा ?" सुधा ने पूछा।

"बहुत उपयोगी रही... आज तो मजा आ गया" और उन्होंने मुस्कुराते हुए यात्रा का पूरा वृतांत ही सुना दिया ।

लगभग एक महीने के प्रवास और विभिन्न महत्वपूर्ण स्थलों के भ्रमण के बाद दोनों अपने घर लौट आये थे ।

संस्मरण

यादें उस सफर की.....

भावना गौर

गुरूग्राम (हरियाणा)

बात उन दिनों की है जब मेरी नई-नई शादी हुई थी और मैं अपने पति के साथ गाज़ियाबाद में रहती थी । मेरे घर वाले मुझे शादी के बाद खुश देखकर बहुत संतुष्ट थे । मेरे मायके के परिवार में सभी रिश्तेदारों के साथ-साथ कई सारे दोस्तों का आना जाना-लगा रहता था । मेरे दोनों भाइयों के दोस्त मेरे भी दोस्त हुआ करते थे । उनमें से एक ब्रजेश भैया की शादी मेरी शादी के आस-पास ही हुई थी और उनकी पत्नी से उनकी शादी में ही मुलाकात हुई थी । मैंने उन्हें कई बार सपत्नीक मेरे घर आने का न्योता दिया था लेकिन किसी कारणवश उन लोगों से शादी के बाद मिल पाना संभव नहीं हो पा रहा था ।

मेरे बड़े भाई की शादी मेरी शादी के दो साल पहले हुई थी और उनका एक छोटा बच्चा भी था । मेरी शादी की पहली वर्षगाँठ पर उन सबने मिलकर मुझे सरप्राइज देने का प्लान बनाया और बिना बताए सुबह-सुबह मेरे घर आ पहुंचे । मेरी खुशी का तो ठिकाना ही न रहा । मैंने अपने पति को फोन किया तो वो भी उस दिन ऑफिस से जल्दी घर आ गए । आनन फानन में अगले ही दिन आगरा घूमने चलने का प्लान बन गया । हमारी ट्रेन दिल्ली स्टेशन से थी । हमने रात को ही सारी तैयारी कर ली थी । सुबह-सुबह हम सब तैयार हो कर निकल पड़े । हम समय से काफी पहले निकले थे लेकिन दिल्ली की भीड़-भाड़ का हमें अंदाज़ा नहीं था ।

हम जब स्टेशन पर पहुंचे तो वहां की भीड़ देखकर तो हमारे

होश ही उड़ गए। ट्रेन चलने के लिए तैयार थी लेकिन उस भीड़ में ट्रेन के अंदर पहुंच पाना असंभव सा लग रहा था । किसी तरह मेरे पति और दोनों भाई भीड़ में जगह बनाते हुए ट्रेन के दरवाजे तक पहुंचे और ट्रेन चल दी । इससे पहले कि धक्का-मुक्की में मैं कुछ समझ पाती, किसी ने मुझे धक्का दे कर ट्रेन में चढ़ा दिया । मेरी हालत ऐसी हो गई कि काटो तो खून नहीं । मेरे पास न टिकट था और न पैसे । और तो और मेरे पास फोन या कोई पहचान पत्र भी नहीं था । हमें आगरा जाना था जहाँ हम पहली बार जा रहे थे ।

मैं बुरी तरह डर गई थी । बार-बार पीछे मुड़कर देखने पर भी मुझे भीड़ के अलावा कुछ भी नज़र नहीं आ रहा था । मैं रुआंसी होकर सोच रही थी कि क्या करना चाहिए । आसपास के लोगों को देखकर सोच रही थी कि क्या ऐसी स्थिति में किसी की मदद ली जा सकती है, लेकिन ऐसे भला किसी अनजान पर कैसे भरोसा करूं । मैं अपने आस-पास लोगो की भीड़ में किसी परिचित को ढूंढने का प्रयास कर रही थी तभी सामने काफी दूरी पर ब्रजेश भैया नज़र आए । पल भर तो मुझे अपनी आँखों पर भरोसा ही नहीं हुआ । आंखें मल-मल कर देखा तब तक उन्होंने भी मुझे देख लिया था लेकिन भीड़ में मेरे पास तक नहीं आ पा रहे थे । उन्होंने दूर से ही हाथ हिलाकर मुझे आश्वस्त किया, तब जाकर मेरी जान में जान आई । अब कम से कम इस बात का तो सुकून था कि मैं अकेली नहीं हूँ, लेकिन बाकी लोगों के लिए मुझे चिन्ता होने लगी । खासतौर पर मेरी भाभी, जिनकी गोद में छोटा बच्चा भी था ।

किसी तरह भीड़ में जगह बनाते हुए ब्रजेश भैया मेरे पास आए और बताया कि दोनों भाभियाँ बच्चे के साथ अगले डिब्बे में हैं, तो मैंने चैन की सांस ली । लेकिन तब तक भी मेरे भाई और पतिदेव का कोई अता-पता नहीं था । भगवान का नाम लेते हुए मैं किसी चमत्कार की उम्मीद में ट्रेन के अन्य यात्रियों में अपने भाई और पति के मिलने की उम्मीद करने लगी । मैं खुशी से उछल पड़ी जब ट्रेन की उस ज़बरदस्त भीड़ में दूर से मेरा भाई मुझे आता हुआ दिखा । किसी तरह उस भीड़

में रेंगते हुए हम एक दूसरे के पास एकत्रित हुए। अब तक मेरे पति के बारे में किसी को कोई जानकारी नहीं थी। हालांकि सब लोग मुझे समझाने की कोशिश कर रहे थे कि वे भी किसी न किसी डिब्बे में चढ़ ही गए होंगे लेकिन मेरा मन एक अनजाने भय से काँप रहा था।

इतनी देर की अफरा-तफरी में हमें पता भी नहीं चला कि आगरा स्टेशन आ गया। अब तक पतिदेव के न मिलने से आगरा घूमने और ताजमहल देखने का सारा उत्साह ठंडा हो चुका था। हम लोग स्टेशन पर उतरे, तब तक मुझे सामने से भागकर आते हुए मेरे पति दिखाई दिए। उन्होंने बताया कि ट्रेन चल देने के बाद जब उन्होंने सबको सकुशल ट्रेन में चढ़ते हुए देख लिया था तब उन्होंने भागकर ट्रेन पकड़ी, जिसकी वजह से वह आखिरी डब्बे में चढ़ पाए। अब सबके चेहरे खुशी से ऐसे खिले हुए थे जैसे कोई बड़ी जंग जीत ली हो।

इतनी रोमांचक रेलयात्रा के बाद आगरा में ताजमहल देखने का मज़ा दुगुना हो गया।

आज भी उस यात्रा को याद करके हम सब खूब हंसते हैं। भाई का छोटा सा बेटा, जो आज बीस साल का हो चुका है, उस यात्रा की बातें सुनकर हैरान होता है कि हम लोग इतनी भीड़ वाली ट्रेन से गये ही क्यों थे, लेकिन अब उसको क्या बताएं कि ऐसी ही रोमांचक स्थितियों से ही तो सुनहरी यादें बनती हैं।

डायरी से

8 अगस्त की वह रात

रघुराज सिंह 'कर्मयोगी'

कोटा (राजस्थान)

से.नि. सहायक मण्डल यांत्रिक इन्जीनियर, प. म. रे. कोटा

आज हम तुम्हें बताते हैं कि रेलवे में इंजन या डिब्बे पटरी से गिर जाते हैं तो किस प्रकार उन्हें पुनः यथास्थिति में ला कर ट्रेनों का संचालन किया जाता है? 8 अगस्त की वह रात एकदम सुनसान.. रात के ढाई बजे, मैं गहरी नींद में सोया हुआ था । वातावरण में तरावट थी । हल्की-हल्की फुहारें बरसात की उपस्थिति दर्ज करा रही थी । सड़क के छोटे-छोटे उथले गड्ढों में पानी भरा था । कोई पैदल निकलता तो छप-छप की ध्वनि स्पष्ट सुनाई देती । ऐसे में मुझे कब नींद आ गई पता ही न चला। सुहाने सपनों में खो गया ।

अचानक मोबाइल टनटना उठा । नींद बाधित हुई तो क्रोध आना स्वाभाविक था । परन्तु दुर्घटना अधिकारी होने के नाते क्रोध हलाहल की तरह पी गया । घड़ी पर दृष्टिपात किया तो सैकिन्ड की सुई चंचलता के साथ बिना रूके समय की गति का आभास करा रही थी । दो बज कर इकत्तीस मिनट का समय था । लोको शेड का हुटर हुंकार उठा । अगले पल मंडल कार्यालय का हुटर भी उसका साथ निभाने में पीछे न रहा । मैं चिन्तित हो गया। मोबाइल कान पर लगाया तो उधर से आवाज आई-

"सर, थर्मल पावर हाउस की साइडिंग के ट्रैक पर दो इंजन कोटा की ओर आ रह थे । किसी कारणवश एक इंजन ट्रैक से उतर गया है। लगता है गंभीर दुर्घटना घटी है। आप लोको शेड रिपोर्ट करें । दुर्घटना, बचाव एवं राहत गाड़ी शीघ्र रवाना करावें ।"

"ठीक है, मैं आता हूँ" -मैंने कहा और मोबाइल तकिए पर पटक

कर शौचालय में घुस गया। मैं जानता था कि तीन बार हुटर बजने का आशय । रेलवे लाइन पर गंभीर दुर्घटना हुई है । इसलिए रात के समय पैंतालीस मिनट में दुर्घटना राहत गाड़ी पर पहुँचना आवश्यक है ।

इसी प्रकार रेलवे स्टेशन या यार्ड में कोई दुर्घटना होती है तो 45-45 सैकिन्ड के अन्तराल से दो बार हुटर बजता है । दिन हो तो आधे घंटे में राहत गाड़ी पर पहुँच जाना चाहिए । अन्यथा शिथिलता के आरोप में कड़ी कार्यवाही की जाती है । इसी दौरान खड़-बड़, खड़-बड़ सुनकर अर्धांगिनी भी जाग चुकी थी । उन्होंने मदद करने के लिए मोटर साइकिल चैक की तो घबरा गई । मोटर साईकिल पंचर थी । बोली- "अजी, सुनते हो! लोको शेड जाओगे, कैसे? मोटर साईकिल के पिछ्ले पहिए में तो हवा ही नहीं है ।" इतना सुनते ही मैं चौंक गया । ऊपर की सांस ऊपर और नीचे की सांस नीचे अटक गई । मेरे पास इस अदद मोटर साईकिल के अतिरिक्त कोई अन्य व्यवस्था भी नहीं थी । परन्तु यह समय गँवाने का भी नहीं था । मस्तिष्क को थोड़ा सा झटका दिया । एक विचार प्रकट हुआ । मैंने तुरन्त एक निर्णय लिया । पेन्ट की मौहरी में दो-तीन मोड़ दिए । सड़क का पानी छिटक कर पेन्ट को गीला न कर दे । इसलिए मोबाइल की टॉर्च जला कर दौड़ लिया । तभी ठंडी हवा का तेज झोंका मेरे शरीर में सिहरन पैदा कर गया ।

मोटर साईकिल से कार्यालय 3 मिनट दूर है । पैदल पन्द्रह मिनट लग ही जाते हैं । वहाँ तो जीप तैयार खड़ी मिली । ड्राइवर मुझे लेकर लोको शेड की ओर चल दिया । मेरा दिल तेज धड़क रहा था । लोको शेड पहुँचा तो देखा राहत गाड़ी धीरे-धीरे सरकने लग गई थी इसलिए ड्राइवर ने जीप उसके पास ही रोक दी । मैंने एक झटके में राहत गाड़ी का हेंडल पकड़ा ही था कि उसमें सवार मेरे सहायकों ने मुझे कोच में खींच लिया । मैंने राहत की सांस ली । वे सब इस बात से चिन्तित थे कि बिना नेतृत्व के कार्य कैसे होगा?

रेलवे की सीमाओं में कोई भी दुर्घटना घटती है तो बचाव कार्य युद्धस्तर पर किए जाते हैं । बिना खाना-पीए, कार्य तब तक करते रहते हैं, जब तक कि वह समाप्त नहीं हो जाता । वैसे तो इस ट्रेन

में खाना बनाने और खिलाने का पूरा प्रबंध होता है । मगर बचाव कार्यों को प्राथमिकता दी जाती है । प्रत्येक मण्डल में दुर्घटना मेडीकल वैन एवं राहत बचाव गाड़ी उपलब्ध रहती है। इसमें सभी प्रकार का साजो-सामान, ऑपरेशन थिएटर, आग बुझाने के यंत्र, डिब्बों में फंसे हुए यात्रियों को जीवित सकुशल निकालने के लिए लोहे की सीटों एवं छड़ों को काटने की मशीनें होती हैं । ऑक्सीजन और एसीटिलीन के सिलेण्डर, स्ट्रैचर, जीवनदायिनी दवाइयां, पट्टी जैसे उपलब्ध संसाधनों से यात्रियों का जीवन बचाने का पूरा प्रयास किया जाता है । इन राहत गाड़ियों पर तैनात कर्मचारी चीते जैसी फुर्ती के साथ बचाव कार्य करते हैं ।

अब हमारी राहत गाड़ी जगुआर जैसे शिकारी की तरह तेज कदमों से दौड़ी जा रही थी । दुर्घटना स्थल कोटा से 20 कि.मी. दूर था, सो 15 मिनट में पहुँच गए । ट्रेन से उतरते ही राहत कार्यों में कुशल, कर्मियों ने अपने हिसाब से लोको इंजनों एवं ट्रैक का निरीक्षण किया । इस आशय के साथ कि किस प्रकार कार्य प्रारंभ करना है? पता चला कि एयर ब्रेक सिस्टम के लिए हवा का दबाव बनाने वाला एयर रिजर्वायर, इंजन के फ्रेम से नट-बोल्ट ढीले होने के कारण अलग हो कर ट्रैक पर गिर गया है। यही अवरोध इंजन के पटरी से उतरने का कारण बना ।

पटरियां भी इधर-उधर बिखर गईं। दुर्घटना, राहत एवं बचाव गाड़ी को अंग्रेजी के लघु शब्दों में ए.आर.टी. अर्थात् एक्सीडेन्ट रिलीफ ट्रेन कहा जाता है । इस गाड़ी में सभी प्रकार का सामान होता है । यहाँ तक कि एक वैगन में रेल की पटरियां तक लोड की हुई होती हैं। 140 टन की एक महाशक्ति क्रेन ए.आर.टी. के साथ चलती है । यह कोयले से भरा वैगन जिसका कुल वजन 81 टन होता है, 110 टन वाले बिजली के लोको इंजन को बच्चे की तरह कहीं भी उठा कर रख देती है । भारी भरकम इंजन उठाते समय, क्रेन किसी साइड में न लुढ़क जाए । इसलिए क्रेन के अन्दर फ्रेम के चारों कोनों पर संतुलन बनाने के लिए चार जैक लगा दिए जाते हैं ।

रात के समय घुप्प अंधेरा था । सुरेश शर्मा जो विद्युत अनुभाग

इंजीनियर थे । उन्होंने अपने कर्मचारियों को टॉवर लाइट जलाने का आदेश दिया । यह टॉवर लाइट 10 फीट लम्बी और एक फीट व्यास की विशेष कपड़े की बनी हुई है । इसमें नीओन गैस भरी जाती है । इससे यह दो कि.मी. के क्षेत्र में दूधिया प्रकाश का भक्काटा कर देती है । कर्मचारियों ने कम्प्रेसर से इसमें गैस भरना शुरू कर दिया और टॉवर लाइट से इतना प्रकाश फैल गया कि उससे पृथ्वी पर पड़ी सुई भी देखी जा सकती है । पर्याप्त प्रकाश की व्यवस्था हो जाने के बावजूद वहाँ जनरेटर से हैलोजन लाइटें भी प्रकाशित कर दी गई । अब कार्य करने में कोई दिक्कत नहीं थी । मैंने क्रेन आपरेटर को निर्देश दिया -

"मि. भाटिया, अब आप क्रेन की जिब सामने ले जाएँ और धर्मसिंह आप लोको के हुक में क्रेन का हुक फंसा दें । इंजन उठा कर साइड में रख दो । इससे रिजर्वोयर खुले में आ जाएगा । सरलता से निकाला जा सकेगा ।"

"जी सर" -भाटिया ने कहा और उसने क्रेन की जिब लोको इंजन की ओर घुमा दी । चार कर्मचारियों ने लोको के लिफ्ट पैडों में क्रेन के हुक फंसा दिए । उन्होंने उठाने के लिए 'ओ.के.' कहा । उधर से हरी झंडी मिली तो भाटिया ने लीवर दबा दिया । इससे हवा में इंजन चार फीट ऊपर उठ गया । भाटिया ने पुनः जिब को घुमाया । इंजन को ट्रैक से छः फीट दूर रख दिया । नीचे पटरियों के बीच में पड़ा हुआ रिजर्वोयर खुले में दिख गया। वहाँ खड़े सभी लोग जोर से बोल पड़े-

"लगता है इसके नट बोल्ट ढीले हो गए हैं । इससे यह इंजन के अण्डरफ्रेम से गिर गया । यदि ये इंजन किसी यात्री गाड़ी को खींच कर ले जा रहा होता तो बहुत बड़ा हादसा हो जाता ।"

अब देखिए न किस तरह साढ़े छः हजार अश्वशक्ति का इंजन इस रिजर्वोयर के कारण निरूपाय होकर आँसू बहा रहा था । वहाँ खड़े सभी ने सहमति में सिर हिलाया ।

तभी मुझ से उच्च अधिकारी ने माइक पर घोषणा की- "कर्मचारी वहाँ भीड़ लगा कर खड़े न हों । जो कर्मचारी इस कार्य से सम्बन्धित है, वहीं खड़े हों । बाकी के वहाँ से हट जाएँ। कार्य का निर्धारण

सम्बन्धितों को ही करने दें ।"

इंजन को भाटिया ने साइड में रख दिया तो मैंने उसे शाबाशी दी । क्रेन के केबिन में जाकर उसकी पीठ थपथपाई, वह खुश हो गया। इसके बाद अनिल मिश्रा ने फिर से जैक चैक किए, जो क्रेन के नीचे लगे हुए थे ।

"भाटिया जी, आप निश्चिंत रहें । जैक अच्छी तरह अपने स्थान पर जमें हैं । आप की क्रेन हिल नहीं सकती । ये मेरा वादा है ।" उसकी बात सुनी तो वहाँ खड़े लोगों के चेहरों पर मुस्कान तैर गई । अब उस रिजर्वोयर को वहाँ से हटाना आवश्यक था । इसलिए मैंने चार खल्लासियों से रिजर्वोयर को हटाने के लिए कहा । उन्होंने तत्परता से उसे उठाया और वैगन में पटक दिया । अब वहाँ उधड़ी हुई पटरियां दिखाई दे रहीं थी, जिन्हें अपने आप पर रोना आ रहा था । रिजर्वोयर जहाँ गिरा था । वहाँ बड़ा सा गड्ढा बन गया । गिट्टियाँ इधर-उधर बिखर गईं थी । मण्डल अधिकारी का कोर्डलैस माइक पर पुनः स्वर गूँजा- "शीघ्रता करें। ट्रेनों का संचालन प्रारंभ करने के लिए मण्डल प्रबन्धक के बार-बार निर्देश आ रहे हैं । पटरियों को फटाफट ठीक करें ।"

"सर, यह कार्य हम एक घंटे में कर देंगे" -रेल पथ प्रभारी बोला । उसके पास ज्ञान और अनुभव का प्रचुर भण्डार था । मोबाइल क्रेन से पटरियों को अनलोड किया । एक-एक कर उन्हें ट्रैक के रूप में जमीन पर बिछा दिया । स्लीपरों में चाबी लगा कर कसना शुरू कर दिया। वादे के अनुसार ट्रेकमैनों ने वहाँ नई पटरियां पहले जैसी कर दीं। उनका प्रभारी बोला -

"ट्रैक तैयार है । आप विद्युत इंजन को लाइन पर रख सकते हैं।" "ओ.के. ऽऽऽ, भाटिया जल्दी से काम समाप्त करवा" -मैंने कहा ।

भाटिया के शरीर में झुरझुरी आ गई । उसने खल्लासियों को इंजन में हुक लगाने का संकेत किया। चारों ने फटाफट हुक लगा दिए । वहाँ खड़े कर्मचारियों ने 'जय सिया राम' का जयकारा लगाया और भाटिया ने इंजन को महाशक्ति से उठा कर पटरियों पर ला कर

रख दिया । इंजन और पटरियों की सैटिंग में दस मिनट और लग गए । जैसे ही इंजन पटरियों पर आया, वहाँ उपस्थित कर्मचारियों की एक हुंकार उठी "हिप-हिप हुर्रे" ।

मैं भी 'हिप-हिप हुर्रे' के उद्घोष से अपने को रोक नहीं पाया । एक बार फिर से मैंने और मण्डल अधिकारी ने स्थिति को चौक किया । इंजन ड्राइवर को निर्देश दिए-

"दूसरे इंजन को इस आरोपी इंजन के साथ पकड़ कर दोनों को लोको शैड जाने दो । रिपेयर करने के लिए फिटर इससे दो-दो हाथ करेगा ।" अब सब कुछ सामान्य हो चुका था । सब सन्तुष्ट हुए । मण्डल अधिकारी ने हमें अनुमति दी -

"कर्मयोगी, तुम और तुम्हारी टीम ने तत्परता और सूझबूझ से सब कुछ ठीक-ठाक निपटा दिया है । मेरी ओर से सभी को बधाई, हार्दिक धन्यवाद। अब तुम कोटा लौट सकते हो ।"

हमारी राहत गाड़ी आधुनिक टेक्नोलाजी की है । इसमे अलग से लोको लगाने की आवश्यकता नहीं होती है। बल्कि मेट्रो या लोकल ट्रेन की तरह डिब्बे में ही स्वचालित इंजन स्थापित होता है । इसलिए निश्चिंत होकर हम सभी स्टाफ के साथ अपने कोच में आ कर बैठ गए ।

सिग्नल मिलते ही हमारी राहत गाड़ी कोटा की ओर दौड़ चली । मैं लोको शैड से एक मित्र के साथ उसकी मोटर साईकिल पर बैठ कर घर आ गया। मेरा छोटा बेटा मेरे पास आया और बोला-

"पापा.. पापा! रात को हुटर बज रहा था तो बरसात में ही आप बिना मोटर साईकिल, पैदल कहाँ भागे जा रहे थे? बताइए, बताइए ।" मैं कुछ नहीं बोला, बस मुस्करा दिया और उसे गोद में उठा कर एक मीठी सी पप्पी उसके गाल पर जड़ दी ।

कविता

रेल का सफर

प्रीति सत्या

कुशीनगर (उ.प्र)

कितना सुहाना सफर होता है रेल का
अजनबी लोगों में प्रेम बढ़ाता,
मीलों की दूरी को अल्प बनाता ।
घर की कमी महसूस नहीं होने देता,
अपनेपन का एहसास कराता ।
कितना सुहाना सफर होता है रेल का ।
जाति-पाति के भेदभाव को दूर करता,
प्रेम की परिभाषा सिखाता ।
सबके विचारों को आपस में फैलाता,
मानवता का पैगाम सुनाता ।
कितना सुहाना सफर होता है रेल का
कभी खुशी का आलम बिखेरता,
कभी दु:ख की परछाई लाता ।
कभी सूनेपन का एहसास दिलाता
कभी भीड़ का सामना करवाता ।
कितना सुहाना सफर होता है रेल का ।

आलेख

यात्रा के दौरान महिलाओं से जुड़ी सावधानियां

इन्दु सिन्हा, रतलाम (म.प्र.)

रेल एशिया का सबसे बड़ा नेटवर्क है। जिसमें प्रतिदिन दो करोड़ से ज्यादा यात्री सफर करते हैं । महिलाओं की सुरक्षा को लेकर रेल प्रशासन हमेशा से ही सजग रहता है, कुछ ना कुछ ऐसे नये प्रयास किये जाते रहे हैं जिससे कि महिलाएं सुरक्षित रूप से यात्रा कर सकें ।

अभी पिछ्ले वर्ष ही रेल प्रशासन "वूमेन एण्ड चाईल्ड सेफ्टी वर्ष" मना चुका है, रेल मंत्रालय कुछ ना कुछ नयी सौगात लेकर आता है जिससे कि महिला यात्रियों को ज्यादा से ज्यादा सुविधाएँ प्रदान की जाएं और अकेले सफर कर रही महिलाएं निश्चिंत होकर सफर कर सकें । महिलाओं और बच्चों पर विशेष ध्यान केन्द्रित किया है, और उनकी सुरक्षा योजनाओं पर कार्य चालू भी कर दिया गया है, जिनके बारे में मैं आपको बताने जा रही हूँ ।

सर्वप्रथम महिलाओं को कई बातों में सावधानी बरतनी चाहिए चाहे वो रेलयात्रा शुरू करने के पहले हो या बाद में । सर्वप्रथम यात्रा शुरू करने के पहले कुछ बातों का ध्यान जरूर रखें:-

यात्रा के दौरान मैंने देखा है कि महिलाएं बहुत अधिक सामान की पैकिंग करती है, ज्यादा सामान ले जाने से बचें । इसको उठाने में परेशानी आ सकती है ।

अपनी सुरक्षा को ध्यान में रखते हुए आप अपनी यात्रा के मार्ग को निर्धारित करें । कोशिश ये करें कि आपको ट्रेन बदलनी ना पड़े ।

जिस रेलवे स्टेशन पर आप उतरने वाले हैं, वहां के वातावरण

की भी जानकारी लें ।

यदि आप लम्बी यात्रा पर जा रही है, अपने सामान के लिये जंजीर वाले ताले जरूर खरीदकर रखें । एक फोल्डर ऐसा भी रखे जिसमें टिकट, आधार कार्ड, आई.डी. कार्ड भी हों, टिकट मांगते समय तलाश ना करना पड़े । सभी चीजे एक साथ मिल जायें । रेल यात्रियों के लिये, सरकार नियमित रूप से दिशा निर्देश जारी करती है, उसका भी ध्यान रखें ।

यदि आप नियमित रूप से कोई दवा लेती है तो वो दवा जरूर साथ रखें, इसके अलावा मौसमी बीमारियों से निपटने के लिये दवा साथ रखें । कभी जरूरत पड़े तो आपको परेशान ना होना पड़े । आज की जरूरत के हिसाब से मोबाइल साथ रखें, उसका चार्जर भी साथ रखें । मैंने ट्रेनों में चार्जर मांगने की आदत यात्रियों में देखी है । अपने कुछ खास रिश्तेदारों को भी ये बताकर जाएं कि आप रेलयात्रा पर जा रही हैं ताकि कोई अनहोनी होने पर भी संपर्क किया जा सके ।

रेलवे स्टेशन पर:-

रेलवे स्टेशन पर भी आपको सावधानी बरतनी चाहिए । अधिकतर रेल यात्रियों को टारगेट बनाया जाता है । जहां उनका दलालों से लेकर चोरों तक से भी सामना हो सकता है । ये लोग यात्रियों को लूटने की फिराक में रहते हैं। सामान व पर्स का ध्यान रखें ।

यह भी निश्चित कीजिए कि जो दस्तावेज है वो सही स्थान पर है । टिकट भूलने या खो जाने पर दलाल फायदा उठा सकते हैं ।

यदि स्टेशन पर ज्यादा समय रूकना है तो सुरक्षित जगह पर रूकिये । रेलवे का वेटिंग रूम इसके लिये सबसे अच्छी जगह है ।

अक्सर देखा जाता है कि ब्रिज और सीढियों का इस्तेमाल आप जल्दबाजी में नहीं करते, और ट्रेक को गलत तरीके से क्रॉस करते हैं ऐसी जल्दबाजी से बचें ।

वेटिंग रूम में यदि आप बैठी है तो रेलवे की तरफ से होने वाली

घोषणाओं पर ध्यान दें ।

ट्रेन के अंदर भी आप सावधानी बरतें:-

सामान की सुरक्षा के लिये जंजीर वाले ताले अवश्य खरीदें और सामान को चेन से बांधकर रखें ।

कई बार महिलाओं को पुरूषों के बीच सीट मिल जाती है, जिससे महिलाएं असहज महसूस करती हैं । ऐसे में वो रेलवे स्टाफ की मदद से, टी.टी. की मदद से सीट बदलवा सकती हैं ।

सफर के दौरान अन्य यात्रियों से उतनी ही बात करें, जितनी की जरूरी हो, मैंने महिलाओं को देखा है परिवार पुराण लेकर बैठ जाती हैं। ये आदत अच्छी भी नहीं है, खतरनाक हो सकती है ।

महिलाएं गहनों के दिखावे से बचें, पर्स में पूरे रूपये ना रखते हुए अलग. -अलग जगह रखें, व्यर्थ का दिखावा आपको मुसीबत में डाल सकता है । बिना वजह विवाद से बचें । अनजान यात्रियों से खाने-पीने की वस्तुएँ ना लें । खाने-पीने की व्यवस्था के लिये पेन्ट्री कार होती है । जहां प्रशासन अच्छी क्वालिटी का खाना उपलब्ध कराता है, यदि कोई शिकायत हो तो वो भी दर्ज करवा सकती हैं, रेलवे ने ऐसी सुविधा के लिए फोन नम्बर जारी किये हैं ।

इन सब के अलावा रेलवे ने बहुत सी योजनाओं पर कार्य शुरू किया है जैसे डिब्बों में टिकट चैक करने वाले स्टॉफ के साथ महिला स्टाफ भी रहेगा ।

साथ ही ये भी किया जा रहा है महिलाओं के डिब्बे को अंत में ना रखते हुए ट्रेन के मध्य रखा जाए । अलग रंग में रंगा जाए । ये कार्य लम्बी दूरी की ट्रेनों में किया जायेगा । सीसीटीवी कैमरे लगे होंगे । महिला सुरक्षा को लेकर समितियां भी गठित की गयी हैं । विभिन्न जोन से भी विचार मांगे गये हैं ।

ट्रेन में छेड़छाड़ से बचने के लिये इमरजेंसी स्विच लगाये जायेंगे, संकट के समय महिला इनको इस्तेमाल कर सकती है । स्विच को

दबाते ही सुरक्षाकर्मियों को पता चल जायेगा की किस डिब्बे में महिला यात्री परेशानी में हैं ।

इन सबके अतिरिक्त आर. पी. एफ. स्टॉफ आपकी मदद के लिये उपलब्ध रहता है । इसके अतिरिक्त एक बात ये भी कहना चाहूंगी जो नोट की है मैंने कि महिलाएं अक्सर ट्रेनों में अनजान लोगों को भैया-भैया कहकर संबोधित करने लगती है, याद रखिये इस प्रकार के संबोधन आपकी मानसिक असुरक्षा को दर्शाते हैं । इन सबसे बचें । अनजान लोगों से मदद लेने की बजाय रेलवे के स्टॉफ से मदद लें । साथ ही आप शिकायत को रेल मंत्रालय के ट्वीटर एकाउण्ट पर ट्वीट भी कर सकते हैं । इसके लिये आपको अपना PNR No. बर्थ नम्बर भी बताना होगा । साथ ही खुद का मोबाईल नम्बर भी । इसके अलावा बिलासपुर मण्डल, रायपुर मण्डल पर "तेजस्विनी वाट्सग्रुप" शुरू किया गया है, जो लगभग तीन सौ लोगों का ग्रुप है, ये कदम आर. पी. एफ. की तरफ से उठाया गया एक बड़ा कदम है, ग्रुप में कंट्रोल रूम से स्टेशनों पर नजर रखी जाती है, किसी भी संदिग्ध व्यक्ति को देखकर "तेजस्विनी वाट्स ग्रुप" को सूचना दी जाती है । जहां सदस्य सक्रिय होकर उन मनचलों, संदिग्धों को दबोच लेते हैं ।

इन जानकारियों के साथ अपनी यात्रा को सुखमय बना सकते हैं, साथ ही सुरक्षित भी । रेल प्रशासन और आर. पी. एफ. स्टॉफ सदा आपकी सेवा और सुरक्षा के लिये उपस्थित है ।

कविता

अनजाना सफर

केशी गुप्ता

द्वारका (दिल्ली)

मां बाप का हाथ थाम
पहुंची जब पहली दफा
रेलवे स्टेशन पर
लगा जैसे
एक बड़ी सराय हो।
कोई बैठा, कोई लेटा
कोई भीड़ में गुम
सफर शुरू होता
जहां से
कहते उसे स्टेशन
पहुंची जब रेल
पटरी पर
हो गए सब तैयार
लिए अपना
कुछ कुछ सामान
कोई था अकेला
कोई संग परिवार
लग रहा था
ये एक मेला
लिए विचित्र रंग
समय होते
निकल पड़ी रेल
खिड़की पर बैठी मैं
ले रही थी
सफर का भरपूर आंनद
भागती रेल
छोड़ रही थी
सब पीछे
कभी लगता
चल रहा सब संग
साथ गुजरती रेल
देती थी आभास
कुछ अनजाने लोगों के
अनजाने सफर का ।

बीच में जब

थमती रेल

कोई उतरता कोई चढ़ता

लगता कुछ छूट गया...

और कभी

कुछ मिल गया...

सामने की सीट पर

बैठे लोग

बने हमसफर मित्र

पटरी रेल की

कभी मिलती

कभी फैलती

जैसे जीवन प्रसंग

पार करती नदी नाले

गुफा और मैदान

पहुचां दिया रेल ने

हमें हमारे धाम

जैसे जिंदगी

भागते दौड़ते

पहुंचती है उस पार!

कविता

किसकी चलेगी रेल?

डॉ. ललित उपाध्याय

आगरा (उ.प्र.)

नववर्ष में किस-किसकी चलेगी रेल!
राम मंदिर, हनुमान जी की जाति का खेल,
ऊपर से हुआ बवाले-ए-सौदा राफेल,
सेमीफाइनल में तीन राज्यों में निकला तेल,
आगे किस-किसका होगा चुनावी मेल,
नववर्ष में किस-किसकी चलेगी रेल!
उन्नीस का प्लान करने फेल,
विपक्ष हो रहा है अब एक,
प्रपंच रचे जायेंगे फिर अनेक,
उनका कहना है, काम किए हमने नेक,
उन्नीस में बता देंगे, उनके घुटने टेक,
नववर्ष में किस-किसकी चलेगी रेल!
नोटबन्दी व जीएसटी का बड़ा फैसला लिया,
मुफ्त गैस कनेक्शन, आवास व सस्ता बीमा दिया,
घोटालेबाजों की होनी तय है जेल, नववर्ष में
किस-किसकी चलेगी रेल!
वोटर के पास विकल्प नोटा भी है,
स्वच्छता के नाम पर रोका लोटा भी है,
कैसे निकाल पाएगा कोई उनका तेल,
नववर्ष में किस-किस की चलेगी रेल !

लघुकथा

वो भिखारिन

दीपचंद महावर 'शादाब'

दाहोद (गुजरात)

शायद दूसरा ब्याह किया हो?

लेकिन कब?

न तो इन दिनों वो पेट से दिखी न ही उसका पति ज़िन्दा था?

महज़ तीन महीनें में इस विधवा की गोद में फिर से ये नवजात बच्चा?

कैसे?

इसके बड़े हो चुके वो बच्चे किधर गये?

एक ही पल में इतने सारे सवालों की चाबुक से चौंक कर प्रश्नचिन्ह के घोड़े दौड़ पड़े थे... सरपट मन में चल रही एहसासों की उथल-पुथल की रेस में जवाबों की विजयरेखा को स्पर्श करने को। कई सालों से मैं जानता था फटेहाल चीथड़ों में लिपटी उस भिखारिन को, दो छोटे-छोटे बच्चों को लेकर वो लोकल ट्रेन में भीख माँगा करती थी। उसी हाल में उसको आज फिर मैंने एक नवजात बच्चे को गोद में उठाए भीख माँगते देखा। लगभग रोज की ही दिनचर्या थी उसकी भीख माँगना और मेरा काम के सिलसिले में उसी लोकल ट्रेन में यात्रा करना। शायद दो बच्चों की सौगात देकर उसका विकलांग पति दुनिया से चल बसा था। मन में सवाल कौंधा कि चाहे लाख गुरबत में थी पर चरित्रवान तो थी वो भिखारिन। ये बात इतने विश्वास से मैं इसलिए कह पाता हूँ क्योंकि फेस रीडिंग करने में मेरी विशेष रुचि के चलते मेरा इतना

तो ज्ञानवर्धन हो चुका था कि मैं किसी भी अपरिचित के साथ कुछ देर बातचीत कर उस व्यक्ति की भाव-भंगिमा से उसकी जीवन शैली और व्यक्तित्व के बारे में ज्यादा तो नहीं पर थोड़ा बहुत तो जरूर पता लगा ही सकता था । उसी छोटे से रलवे स्टेशन पर, जहाँ मेरा सैकड़ों बार आना जाना लगा रहता था, उसी के एक कोनेनुमा अहाते में वो वापसी की लोकल ट्रेन पकड़ कर जाने तक अपने बच्चों को लेकर खाती-खिलाती और कभी कभी पेड़ की छाँव में चबूतरे पर आराम भी फरमाती थी । हर पल, हर कहीं हर किसी पर आजमाईश करती मेरी फेस रीडिंग की जिज्ञासा और कौतुहल के चलते कभी कभार उससे होती बातचीत से उसकी पारिवारिक पृष्ठभूमि का पता मुझे लग चुका था । किसी हद तक उसे और मुझे भी ये एहसास हो चुका था कि उसके पहले के वो बच्चे इतने बड़े हो चुके थे कि उनको संग लेकर भीख माँगने पर अब उसको न तो औसत सहानुभूति ही मिलेगी और न ही पेट भर खाने को भीख ही मिल पाए....! मेरे हाथ में अखबार था उसमें मेरे ही क्षेत्र के सरकारी अस्पताल से कुछ तीनेक महीनों पहले की एक नवजात बच्चे की गुमशुदगी की खबर छ्पी थी और आज जाँचकर्ताओं ने प्रेस कॉन्फ्रेंस में शंका जताई कि किसी बच्चा चुराने वाली अपराधी गैंग द्वारा इस घिनौनी वारदात को अंजाम दिया गया सा लगता है और वारदात करने वाले शातिर ने कोई सुराग भी नहीं छोड़ा है, पर अपराधी का जल्द पकड़ा जाना तय है। कई सालों से मैं जानता था फटेहाल चीथड़ों में लिपटी उस भिखारिन को, दो छोटे-छोटे बच्चों को लेकर वो लोकल ट्रेन में भीख माँगा करती थी । उसी हाल में उसको आज फिर मैंने एक नवजात बच्चे को गोद में उठाए भीख माँगते देखा, बेहद मुश्किल था मेरे लिए उसकी आपराधिक मनोदशा, सांयोगिक एहसासों और उसके हालात को एक साथ पढ़ पाना....

लघुकथा

अखबार

पुखराज सोलंकी

बीकानेर, (राजस्थान)

सौराष्ट्र एक्सप्रेस मुंबई से जामनगर की ओर रवाना होने वाली थी, तभी दस साल का एक बच्चा हाथों में कुछ अखबार लिए, खचाखच भरी लोकल बोगी में दाखिल हो गया ।

'अखबार... ले लो अखबार' कहते हुए पूरे डिब्बे में घूम तो आया लेकिन दो-तीन अख़बार ही बिके । थक-हारकर गेट के पास खड़ा हो गया तभी उधर से गुजरते हुए अधेड़ उम्र के एक मुसाफिर ने बच्चे के हाथों में थमे से बंडल से एक अख़बार खींचा और खिड़की की बगल की सीट पर बैठकर खबरें पढ़ने में मशगूल हो गए ।

बच्चे ने थोड़ी देर इंतजार किया फिर खुद ही आवाज लगाई 'बाबूजी पैसे' लेकिन बाबूजी तो देश-दुनिया की चिंता में मशगूल थे । उन्होंने पलट कर देखा तक नहीं । पूरा अखबार डकारने के बाद घूरते हुए बोले- 'क्या है, जान क्यों खा रहा है? ले अपना अखबार और निकल' बच्चे ने रुआंसी आंखों से अखबार थामा और बोगी से उतर आया । रेलगाड़ी रेंग रही थी और बच्चा मन ही मन सोच रहा था, 'अगर बाबूजी पैसे दे देते तो क्या बिगड़ जाता, तुम तो थोड़ी देर में घर पहुंच जाओगे । पर मेरा सफर तो ना जाने कब पूरा होगा ।'

तभी उसे दूसरे प्लेटफार्म के पास सिग्नल हरा होता नजर आया । और वो दूसरी रेलगाड़ी की तरफ दौड़ा ।

रेडियो नाटक

चलत मुसाफिर मोह लियो रे...

सुदामा सिंह

आयोध्या (उ.प्र.)

ट्रेन चली जा रही है । कम्पाटमेंट में कुछ लड़के-लड़कियां गाते रहते हैं, (चलत मुसाफिर मोह लियो रे पिंजड़े वाली मुनिया...)

मीर साहब-बेटा रमफेरवा, यही है किस्सा ज़िंदगी की गाड़ी का जिसे कहते हैं भैया चलती का नाम गाड़ीं जहां रुक गई समझ लो स्टेशन आ गया ।

रमफेरवा- चच्चा बतिया तो आप लाख टका की कह रहे हो । अब देखिये न अपने गाड़ी केतना टेशन पीछे छोड़त भै आए रही है और आगे न जाने केतना टेशन आवेंगे ।

मीर साहब-(हँसते हुए) अरे, वैसे जैसे किसी ने गाया था, 'एक दिल के टुकड़े हज़ार हुए कोई यहाँ गिरा कोई वहाँ गिरा' ।

रमफेरवा- (साथ मे कई लोग) वाह रे चचा जान आज भी जवानी जिंदाबाद । (रमफेरवा कहता है)

ठीक ये लोग कहते हैं की ई देश मतिन कोई देश नहीं है । उगवनवा बिलकुल सही गावा गवा रहा, 'यह देश है वीर जवानों का अलबेले मस्तानों का, इस देश का यारों क्या कहना, यह देश है वीरों का गहना' । मीर साहब-देखिये आप सब का शरीर भले बूढ़ा हो जाये मगर दिल हमेशा जवान रहना चाहिए, लेकिन एक बात हमेशा याद रखें कि कहीं जवानी-दीवानी न हो जाये । दीवानगी भी हो तो मुल्क के लिए । गरीबों मज़लूमों के लिए जो हमारे बाप-दादों ने बताया है । अपने रमफेरवा की तरह दीवाना न हो जाये कि चप्पलों और सेंडिलों से स्वागत

किया जाए ।

अगल-बगल के कुछ यात्री- 'अरे रामफेरवा तो देखे मे बड़ा सीधा दिखाई पड़ता है ।'

मीर साहब- यही तो रोना है भाई लोगों कि (अचानक गाड़ी बीच मे रुक जाती है) आजकल जिसे खमीरा समझो वही भसाकू निकल जाता है । वह तो खुदा ने खैर किया वरना हम-सब का चौखटा देखने लाएक भी न होता ।

रमफेरवा- बाबू लोगों बात कुछ नहीं थी बस बात इतनी सी थी कि हमरे मोहल्ला की भौजी लागत गेटवा की तरफ जात रहीं, हम मज़ाक के मारे कह दिये, 'चलत बेरिया तनी नजर भर के देख लेव मोर भौजी'। भौजी बिना कुछ बोले आपन अँचरा संभालत भए अपने रास्ता चली गईं। वही का अपने मीर चच्चा बात के बतंगड़ बनाए दिहीन ।

एक आदमी- 'अरे भैया मजाको मौका-महल देख के किया जाता है ।'

रमफेरवा- 'देखिये आप लोग समझने की कोशिश कीजिये ।' ई तो जनबे करत हैं कि कुछ ही पल में साल 2017 फुर्र से उड़े वाला है। हम चाहित है कि जात-जात हमरे सब बरस 2017 के भौजी मतिन काहे न देख लेईं? उगते सूरज के तो सबही बड़ी चाह से जल धारत हैं मुला डूबते सूरज के कोई नहीं देखे चाहत है। हम गलत कहीं तो कहो ।'

मीर साहब- वाह बेटा रमफेरवा निकला अरस्तू की औलाद । क्या सफाई पेश की है । (सब हँस पड़े। गाड़ी सीटी बजाते हुए चल पड़ी)

चलत मुसाफिर मोह लियो रे... (लड़के-लड़कियां मिल कर गाने लगे) (गाड़ी एक झटके साथ फिर रुक गई ।)

चायवाला- (कम्पाटमिंट मे प्रवेश करते हुए) चाय गरम । चाय गरम । गरमा-गरम मसालेदार चाय पीजिए । पसंद न आवे तो पैसा मत दीजिएगा ।

रमफेरवा- अरे भैया ई गड़िया फिर काहे रुक गई?

चायवाला- 'आउटर पर खड़ी है । सिंगनल हो गया है बस चले वाली है ।' इतने मे सीटी मारते हुए गाड़ी रेंगने लगी । गाना फिर उभरा 'उडी-उडी बैठी हलवइया दोकनिया बर्फी के सब रस ले लियो रे पिंजड़े वाली मुनिया...' चलत मुसाफिर मोह लिया रे पिंजड़े वाली मुनिया

मीर साहब- स्टेशन आते-आते सचमुच पुराने साल की मुनिया फुर्र से उड़ जाएगीं फिर नये साल की नई गाड़ी से सफर शुरू होगा, मतलब 2018 विदा और नया साल 2019 की चमकती हुई सुबह से बिस्मिल्लाह।

रमफेरवा- यानि सबेरे वाली गाड़ी से चले जाएँगे । न कुछ ले के जाएंगे, न कुछ दे के जाएँगे ।

(स्टेशन पर गाड़ी पहुँचते ही दूर से बम-पटाखे दगने की आवाजें। उधर यात्री उतर रहे थे । इधर स्टेशन पर मधुर आवाज़ में उद्‌घोषणा होती रहीं नये वर्ष में सभी रेल-यात्रियों का स्वागत । नया साल मुबारक ।...)

स्टेशन-मास्टर अपने स्टाफ के साथ यात्रियों का स्वागत करने के लिए खड़े दिखाई दिये । हर एक स्टेशन-स्टाफ को नये-वर्ष की बधाई देता दिखाई पड़ा ।)

मीरसाहब- 'देखा भैया रमफेरवा साल न हिन्दू होता है न मुसलमान न सिक्ख और न ईसाई । हम तो अल्लाह से दुआ करते हैं कि नया साल इसी तरह मोहब्बत और भाईचारे का तोहफा लेके आवे'।

रमफेरवा- चच्चा हमार तो जीउ चाहत है कि वही गवनहीं गाई, 'न हिन्दू बनेगा न मुसलमान बनेगा, इंसान की औलाद है इंसान बनेगा ।'

मीरसाहब- 'अभी तुम्हारे अकल का ताला जा के खुला पुत्तर रमफेरवा। ऐसे ही अगर सब के दिमाग का दरवज्जा खुल जाये तो बाबू तो न कोई चमन उजड़ेगा और न आशियाँ बर्बाद होगा ।'

(ढोलक मजीरे के साथ ताली पीटते हुए कुछ किन्नरों का प्रवेश)

एक किन्नर- अरे टेशन-मास्टर बाबू बधाई हो बधाई। जियो-जियो... (ललना की धुन पर सोहर गाने लगे।) सुनो बड़े-बाबू दुई हज़ार के कडक नोट से कम न नेग-चार लेंगे। (ताली बजाते हुए) और सुनो मुसाफिर भैया-बहिन लोगों अपनों टेंट हल्की करो। अइसन शुभ-घड़ी बार-बार नहीं आती है।

स्टेशन-मास्टर- 'अरे भाई ये सब क्या हो रहा है? यहाँ कोई ललना-वलना नहीं हुआ है। काहे का नेग?'

दूसरा किन्नर- 'नया साल किसी नये जन्मे बच्चे से कम होता है क्या? हमारा तो हक़ बनता है क्यों भाई लोगों? (सबने एक स्वर में हाँ में हाँ मिलाई।)

स्टेशन-मास्टर- (एक कर्मचारी को पुकारा) अरे भगेलू घंटी बजाओ सबेरे वाली गाड़ी का लाइन क्लियर हो गया है। (उद्घोषणा होती है- फ़ैज़ाबाद इलाहाबाद पैसेंजर गाड़ी प्लेटफार्म नंबर तीन से अपने निश्चित समय से छूटेगी। यात्रियों से अनुरोध है कि अपना-अपना स्थान ग्रहण कर लें। आपकी यात्रा मंगलमय हो।)

किन्नर - (सब मिल कर गाना-बजाना) अरे ओ बड़ा बाबू हम लोग बिना नेग लिए जाने वाले नहीं हैं। नए साल के पहले दिन ऐसे पीछा न छुड़ाओ साहब। नवा साल में फूलो-फलो, इससे भी ऊंची कुर्सी पाओ। (गाते हैं 'जियो जियो रे लला')।

(तभी गाड़ी सीटी देती है और चल देती है)

(ढ़ोल-मंजीरे के साथ दूर जाती हुई ट्रेन से वही गाने के स्वर सुनाई पड़ते है, 'चलत मुसाफिर मोह लिया रे पिंजड़े वाली मुनिया...' दूर जाती ट्रेन से आवाज मद्धम होती जाती है।)

हास्य कविता

डिब्बा गाड़ी

भास्कर सुरेश खैरनार

मालेगाँव (महाराष्ट्र)

डिब्बा गाड़ी
डिब्बा गाड़ी भागम...भागी
भाजी-पूरी वाली गाड़ी,
पानी-पूरी बिकने वाली,
पान सुपारी, कचरे वाली,
लावारिस पोस्टर बाईज
शांताबाई, पेपर वाली,
अमीर-गरीब वाली गाड़ी
समय समय पर, डिब्बा वाली,
बाम्बे दिल्ली...भागम...भागी...
डिब्बा गाड़ी भागम...भागी...

चोर-उचक्के, हाथ-सफ़ाई
इक्के-दुक्के, धोखेबाज़ी
पाकेटमार पोलिस भाई
बेकार मांग, बुकिंग भाई
बाम्बे दिल्ली...भागम...भागी...
डिब्बा गाड़ी, भागम...भागी...

तूफ़ान-पवन, वनों-उपवन
खाई, पहाड़ और नदी,
काले -गोरे, हवा में धुआं
उड़ा उड़ा... न रुकी, न थमीं
बॉम्बे- दिल्ली... भागम... भागी...
डिब्बा गाड़ी, भागम...भागी ।

कविता

यही, हम बोलेंगे

लाल चन्द्र यादव

अम्बेडकर नगर (उ.प्र.)

यही, हम बोलेंगे
इक बोगी में भर लो कई हजार,
यही, हम बोलेंगे ।
जीवन जबकि, फंसा हुआ मझधार,
यही, हम बोलेंगे ।
पटना जैसे स्टेशन पर,
भीड़ लगी है भारी,
मुंबई नगरी जाने वाले,
जुटे हुए नर-नारी,
इधर पसीने से भीगे हम सरकार,
यही,हम बोलेंग ।
जीवन जबकि फंसा हुआ मझधार,
यही, हम बोलेंग ।

सीट ठसा-ठस भरी हुई,
अगल-बगल भी कसी हुई है,
शौचालय को खोल के देखा,
गठरी से सब पटी हुई है,
दरवाजे से भीड़ रही ललकार,
यही, हम बोलेंगे ।
जीवन जबकि फंसा हुआ मझधार
यही, हम बोलेंगे ।
मटरू बोले राम चरन से,
जरा जगह दो भाई ।
इतने में हो गयी है भैया,
जम के खूब लड़ाई ।
जोड़ दिये होते, बोगी,
दो-चार यही, हम बोलेंगे ।
जीवन जबकि फंसा हुआ मझधार,
यही, हम बोलेंगे ।
जिनको अंदर, नहीं मिली है,
जगह सुनो तुम भाई,
ऊपर वाली सीट बांध के,
चादर है लटकाई ।

झुरमुट के अंदर में जैसे,
दुबकी हुई बिलाई ।
लटके हम चमगादड़ जैसे यार,
यही, हम बोलेंगे ।
जीवन जबकि फंसा हुआ मझधार,
यही, हम बोलेंगे ।

सरकारों से यही गुज़ारिश,
टिकट देख शर्माओ ।
जितनी जनता टिकट खरीदे,
सबको सीट दिलाओ ।
मेरा सपना कब होगा साकार?
यही, हम बोलेंगे ।
जीवन जबकि फंसा हुआ मझधार,
यही, हम बोलेंगे ।

कहानी

स्टेशन जो छूट गया...

माधवी कठाले निबंधे

पुणे (महाराष्ट्र)

राधा रात के लगभग 10:00 बजे दिल्ली के रेलवे स्टेशन पर खड़ी थी । उसकी हालत कुछ ठीक नहीं थी वह भीड़ में अपना चेहरा छिपा कर रो रही थी । सामान के नाम पर उसके पास सिर्फ उसका पर्स था । वह बार-बार अपना फोन चैक कर रही थी मानो, जैसे चाहती हो कि फोन पर ही सही पर कोई उसे रोक ले । फोन तो नहीं आया पर उसने जिस ट्रेन का टिकट कटाया था वह ट्रेन जरूर आ गई ।

वह भारी मन से कुछ दुविधा में ट्रेन में चढ़ी । जब अपनी सीट पर पहुंची, तो देखा की पटरियों पर दौड़ती भागती रेल के अंदर की दुनिया गहरी नींद में थी । राधा को साइड वाला कोच मिला था, जिस पर वह इत्मीनान से बैठ गई । वह खिड़की से बाहर देखती हुई अपनी आंखों को आंसूओं से भिगो रही थी, कि तभी ट्रेन किसी सुनसान जगह पर रुक गई राधा को लगा कि ट्रेन को सिग्नल नहीं मिला होगा ।

कुछ देर बाद रेल वापस चल पड़ी । राधा रेल की गति से अपने विचारों को दौड़ा रही थी, कि तभी राधा की हम उम्र महिला राधा के पास आई,और बोली, “आपके साथ वाली सीट मेरी है” राधा ने अपनी रुआंसी आंखों को छुपाते हुए अपने आप को समेटा । उस महिला ने अपना परिचय दिया, “मेरा नाम मीरा शर्मा है, और आपका ?” राधा इस संवाद को आगे नहीं बढ़ाना चाहती थी पर शिष्टाचार निभाने के लिए उसने कहा, “मेरा नाम राधा है आप यहां कहां से चढ़ी, यहां स्टेशन तो नहीं था ।” मीरा ने जवाब दिया, “मेरी ट्रेन दिल्ली स्टेशन से छूटी थी, तो मेरे कार ड्राइवर ने ड्राइव करके मुझे यहां छोड़ दिया, आप कहां जा रही

है ?" राधा ना चाहते हुए भी अब इस संवाद का हिस्सा बन गई। उसने जवाब दिया, "जी, मैं मथुरा अपने मायके जा रही हूँ, और आप...?" मीरा बोली, "अरे अब तो यह रेल मेरा घर है, मेरा आना जाना लगा रहता है, हां.... पर जाना तो वैसे मुझे भी मथुरा ही था ।" अब दोनों काफी बातें करने लगी । औपचारिकता की सिलवट भी अब कुछ निकल सी गई थी मीरा ने पूछा, "बुरा मत मानना, पर तुम कुछ परेशान सी लग रही हो! चाहो तो हम बात कर सकते हैं । वैसे भी मथुरा आने में अभी समय है ।" राधा कुछ असहज हुई पर वह मीरा से बात करना चाहती थी । "अब क्या बताऊं, मैंने और सागर ने दो साल पहले लव मैरिज की थी । एक साल तक सब ठीक था, पर पिछले कुछ दिनों से सागर के लिए मेरे अलावा सब कुछ महत्वपूर्ण हो गया है । आए दिन झगड़े होते हैं । कभी नौकरी की वजह से, कभी मेरे माता पिता, तो कभी उसके माता पिता की वजह से। शायद वह अब मुझसे प्यार नहीं करता । ना मुझे समय देता है और ना ही तवज्जो । इसलिए जा रही हूँ, उसे हमेशा के लिए छोड़ कर ।" इतना कहकर राधा फफक पड़ी । मीरा ने कहा, "तुम्हारे आंसू बता रहे हैं कि तुम उससे बहुत प्यार करती हो । देखो राधा छोटी-छोटी घटनाओं से किसी बड़े निर्णय पर पहुंचना गलत है । मैंने भी यह गलतियां की हैं । अगर ऐसा लगे कि रिलेशनशिप में कोई एक डगमगा रहा है तो उसका साथ मत छोड़ो बल्कि उसका हाथ और कस कर पकड़ लो।" लंबी सांस भरते हुए मीरा ने आगे कहा, "जिंदगी कभी दूसरा मौका नहीं देती, बिल्कुल किसी ट्रेन की तरह अगर एक बार स्टेशन छूट गया, सो छूट गया। और अगर किसी से प्रेम है, तो कभी उससे कटु शब्द मत बोलो। क्या पता वह आपके साथ उसके आखिरी शब्द हों, वह आजन्म एक कटु स्मृति बन कर रह जाएं । आप जिससे प्रेम करते हैं, वह आपके पास है, आपके साथ है, यह सबसे महत्वपूर्ण है। तो वापस जाओ और अपने प्रेम को अपनी बाहों में भर लो । कहीं ऐसा न हो कि समय निकल जाए और तुम चाह कर भी अपनी प्रेम के पास वापस ना लौट पाओ ।" राधा मीरा को सुनती जा रही थी उसने कहा, "मीरा शायद तुम जो कह रही हो वह सच है । मुझे सागर को

ऐसे अचानक छोड़कर नहीं आना... चाहिए था । पता नहीं गुस्सा दिमाग पर इतना हावी हुआ कि कुछ समझ नहीं आया । मैं कल मां से मिलकर तुरंत वापस लौट जाऊंगी ।"

राधा अब काफी हल्का महसूस कर रही थी । उसने आगे कहा, "मीरा मैं अपनी रेल की दोस्ती को आगे बढ़ाना चाहती हूं, क्या तुम मुझे अपना नंबर दोगी?" मीरा ने राधा को अपना नंबर दिया, जो उसने एक कागज पर लिख लिया । रात की खामोशी में राधा को कब नींद लगी उसे पता ही नहीं चला, नींद टूटी तब मथुरा आ गया था । रात के तीन बज थे । मीरा अपनी सीट पर नहीं थी । राधा ने बहुत ढूंढा, पर फिर उसने सोचा कि वह जल्दबाजी में स्टेशन पर उतर गई होगी ।

राधा अगले दिन मथुरा में अपनी मां से मिलकर वापस दिल्ली लौट आई । उसने आते ही सागर को गले लगा लिया उसके हाथों को अपने हाथों में लेकर कहा, "पता है सागर, मैं तो तुम्हें और हमारे रिश्ते को हमेशा के लिए छोड़ कर जा रही थी, पर मीरा की बातों से ऐसा लगा कि तुम मेरे हाथों से रेत की तरह फिसलते जा रहे हो, फिर एक अजीब सी बेचैनी हुई कि शायद मैं तुमसे कभी नहीं मिल पाऊंगीं । मैं किसी भी तरह तुम्हें देखना चाहती थी तुम्हें गले लगाना चाहती थी...। और अब तुम अकेले नहीं हो । जीवन के हर अंधेरे में मैं तुम्हारा साथ दूंगीं" सागर ने राधा का माथा चूमा और कहा, "मुझे तुम्हारी जरूरत है राधा । भला हो उस मीरा का जिसने तुम्हें मेरे पास वापस भेजा। पर वह कौन थी? अगर वह दिल्ली में रहती है तो चलो उसके घर जाकर उसे धन्यवाद दे आएं ।" राधा ने कहा, "हां, घर तो नहीं पता पर उसने मुझे अपना नंबर जरूर दिया था । रुको मैं अभी कॉल करती हूं ।" राधा ने मीरा को फोन मिलाया, रिंग जा रही थी और थोड़ी देर में किसी आदमी ने फोन उठाया । राधा ने कहा, "क्या मीरा शर्मा को फोन देंगे प्लीज" उस तरफ से आवाज आई, "वह नहीं है पर आपको मेरा नंबर किसने दिया "राधा बोली, "क्या आप उनके पति दीपक हैं? दीपक ने कहा- 'हां ...।' "राधा ने कहा कि, मुझे आपका नंबर मीरा ने ही तीन दिन पहले रेल में दिया था, हम दोनों साथ साथ सफर कर रही थी, क्या प्लीज

उसका मोबाइल नंबर देंगे ? मुझे मीरा से बात करनी है।" इतना सुनते ही दीपक ने कहा, "यह कैसा मजाक है?, क्या आप मेरे दुख का मखौल उड़ा रही हैं । मीरा पन्द्रह दिन पहले दिल्ली मथुरा रेल हादसे में मर चुकी है । मेरी मीरा चली गई, मैं उसके आखिरी समय में उसके पास नहीं था । वह गुस्सा थी मुझसे, घर छोड़कर अपनी मां के पास मथुरा जा रही थी, कि तभी यह हादसा हुआ। काश मैं लड़ने की जगह उससे आखिरी बात यह कह पाता कि मुझे तुमसे प्यार है, मीरा मुझे तुम्हारी जरूरत है ।"

इतना सुनना था कि राधा के हाथों से फोन छूट गया । आंखों से आंसुओं की अविरल धारा बह रही थी । और उसे कुछ याद आ रहा था तो मीरा के आखिरी शब्द, "राधा जिंदगी किसी को दूसरा मौका नहीं देती बिल्कुल किसी रेल की तरह.....।"

लघुकथा

शून्य

मनोज बडोनी

टिहरी गढ़वाल (उत्तराखंड)

ट्रेन के जनरल कंपाटमिंट में पैर रखने तक की जगह न थी लेकिन हर स्टेशन पर नए यात्री चढ़ने का सिलसिला थम नहीं रहा था । जितने उतरते नहीं उससे ज्यादा चढ़ जाते। लग रहा था मानो सारा देश आज ही अपने अपने घर को दौड़ चला हो । सीटें तो सीटें फर्श और यहां तक कि टायलेट के भीतर तक यात्री गड्ड मड्ड हुए पड़े थे । कंपाउंड में सभी के शरीर की गंध ने मिलकर घुटन को और अधिक बढ़ा दिया था ।

उसे बहुत देर से परेशानी महसूस हो रही थी । पहली बार मजबूरी में जनरल डिब्बे में चढ़ा था वो श्वास का मरीज... उस पर इस भीड़ के बीच उसका दम घुटा जा रहा था । उसे ताजी हवा की दरकार थी वो किसी तरह दरवाजे तक पहुंचना चाहता था क्योंकि खिड़की तक पहुंच पाना किसी युद्ध को जीतने से कम न था । वो भीड़ को हटाने की असफल कोशिश करते-करते दरवाजे की ओर बढ़ रहा था । दरवाजा दिखा तो आक्सीजन की चाह ने उसकी गति और तेज कर दी । लोग उसे गरियाये जा रहे थे पर वो बढ़ता रहा। बस अब पहुंच ही गया... दरवाजे पर पहुंचकर उसने एक लंबी सांस ली ही थी कि मानो पूरी भीड़ का रेला उस पर आ गिरा । उसका संतुलन बिगड़ा और आह की एक लंबी आवाज के साथ वो ट्रेन से गिर पड़ा ।

एक आदमी कम होने से बने शून्य को भरने के लिए भीड़ थोड़ा छितर गई ।

कविता

लखनऊ मैट्रो

शरद कुमार वर्मा

लखनऊ (उ.प्र.)

प्रेमी ने प्रेमिका से कहा
आज कुछ नया करते हैं ।
रोमांस के लिए मैट्रो में चलते हैं
प्रेमिका बोली ...
इसके लिए मेरी माफ़ी है
क्योंकि मैट्रो का सफर
इश्क के लिए नाकाफी है ।
ट्रांसपोर्ट नगर से हम चलेंगे,
नयन हमारे मिलेंगे
मुख हमारे खिलेंगे
जब तक कुछ कहने के लिए
लफ्ज़ ओठों पर आएगा
तब तक चारबाग़ स्टेशन
आने का अनाउसमेंट हो जायेगा ।

कविता

गेट बन्द

शिवेंद्र कुमार श्रीवास्तव

रायबरेली (उ.प्र.)

गेट बन्द समपार पर,
आती होगी गाड़ी ।
जल्दी हो जाएं उस पार,
करते जुगत जुगाड़ी ।

नीचे गिरते, ऊपर लांघें,
बनते बड़े खिलाड़ी ।
गेटमैन को आंख दिखाएं,
जमकर रौब है झाड़ी ।

सूटेड, बूटेड सब पढ़े-लिखे,
हैं कोई नहीं अनाड़ी ।
जान बूझ अपने पैरों पर,
देखो! चला रहे हैं कुल्हाड़ीं ।
गेट पार कर दिखते ऐसे,
जैसे युद्ध में झंडी गाड़ी ।

काल के मुख में फंसते देखे,
खा कर गिरे पछाडी ।

नियम-कायदे मत तोड़ो,
जीवन है नहीं सुपाड़ी ।
करो प्रतीक्षा, पथ छोड़ो,
आती होगी गाड़ी ।

लघु संस्मरण

रेल का अनुभव

पूरनभंडारी 'सहारनपुरी'

(नई दिल्ली)

जहाँ एक ओर सबसे किफ़ायती रेल व्यवस्था की आलोचना होती है, वहीं दूसरी ओर इनमें बढ़ती सुविधाओं की तारीफ करते हम हिचकिचाते हैं । तो बात कुछ ऐसी है कि मैं दिल्ली से सहारनपुर इंटर सिटी से जा रहा था । मेरी सीट एसी कार में सुरक्षित थी । उस गाड़ी में सिर्फ एक ही डिब्बा रिजर्व होता है। मैं जब अपनी सीट पर बैठा तो मैंने देखा कि मेरे पैर रखने की जगह (फुट रेस्ट) ठीक नहीं थी ।

मैंने ऑनलाइन रिक्वेस्ट डालनी चाही जो नहीं हो पायी । इतने में टीटी साहब टिकट चैक करने आ गये। उनके द्वारा टिकट चैक करने के बाद उनको बताया कि फुट रेस्ट ठीक नहीं हैं। उन्होंने तुरन्त सहायक को बुलाया । उनको ठीक करने को कहा। वो ठीक नहीं हो पाया। उन्होंने कहा कि कोई बात नहीं ...मैं अपनी ड्यूटी समाप्ति पर शिकायत दर्ज करवा दूँगा।

मेरी हैरानगी की सीमा नहीं रही, जब दो दिन बाद उसी ट्रेन से वापस जा रहा था तो मेरा वो फुटरेस्ट बिलकुल दुरुस्त था । इस त्वरित प्रतिसाद के लिए मैं संबंधित स्टाफ का दिल से आभारी हूँ ।

कविता

लौह पथ गामिनी

सुधा भारद्वाज 'निराकृति'
विकासनगर (उत्तराखण्ड)

लौह पथ पर अतिवेग से...
चली आ रही लौह पथ गामिनी ।
नेत्र सरीखी चमक रही...
मुख पर अग्रिम दो दामिनी ।
ड़िब्बो से यूँ जुड़े हैं ड़िब्बे...
जंजीर सी नज़र आ रही ।
लौह पथ पर अतिवेग से...
चली आ रही लौह पथ गामिनी ।
अनवरत चल पहुँचाती मंजिल...
निर्वाह करती कर्तव्यों का ।
स्वपथ चलती न होती विचलित...
दिवस हो या हो यामिनी ।
लौह पथ पर अति वेग से...
चली आ रही लौह पथ गामिनी ।
होते उत्साहित अति संख्यक भी..
सब यात्री आनन्दित इस भामिनी ।
लौह पथ पर अति वेग से..
चली आ रही लौह पथ गामिनी ।
बालक, युवा, प्रौढ, वृद्ध हों चाहे
मजदूर, मालिक, नेता या अभिनेता
स्वामी हो या स्वामिनी...
लौह पथ पर अति वेग से...
चली आ रही लौह पथ गामिनी ।
किसी को उत्सव किसी को दफ्तर
कभी सुखद तो कभी दुःखद
तरह-तरह के यात्री इसमें पहुँचाती
सबको कामिनी...
लौह पथ पर अति वेग से...
चली आ रही लौह पथ गामिनी ।

कविता

हमारी रेल

आशीष सोगानी, जयपुर (राजस्थान)

भारत की संस्कृति बहुरूपा,
अनुपम है अपना ये देश ।
कुछ ऐसे साधन है यहां,
एकता का जो देते संदेश ।
सारे भारत में फैला है,
रेलों का ये विस्तृत जाल ।
देश को कर डाला एक,
ऐसा रेलों ने किया कमाल ।
जब गंतव्य को जाने के बहाने,
भांति-भांति के मिलते लोग,
जुड़ते तार भावनाओं के,
नहीं है ये केवल संयोग ।
आज समय की कमी के चलते,
लोगों में नहीं होता संवाद ।
रेलों के कारण होती बातचीत,
है इन रेलों को धन्यवाद ।
परिवार के लोग इसी बहाने,
कुछ समय साथ बिताते है,
कम करने में दूरियों को,
भूमिका बड़ी निभाते हैं ।
विविध संस्कृतियां होती एक,
भाषा का भी होता मेल ।
मेलजोल बढ़ाने की,
एक कड़ी बन जाती रेल ।
ना केवल है किफायती,
आरामदायक भी होती रेल ।
इसमें बैठ के बच्चे-बड़े,
खेलते भांति-भांति के खेल ।
रेल यात्रा में पेट-पूजा भी,
होती है बड़ी मजेदार ।
तरह-तरह के स्वादों के,
होते इसमें तलबगार ।
कई विषयों पर बहस सार्थक,
अक्सर यहां हो पाती है,
ऐसी स्वस्थ परंपरा,
यहीं पर प्राण पाती है ।
रेलों ने है सुलभ बनाया,
हमारा आना और जाना ।
पर हमको चाहिए इन्हें लेकर,
अपना भी कर्तव्य निभाना ।
स्वच्छ रखें हम इनको,
ये है हमारी जिम्मेदारी ।
ताकि हो पूर्ण विकसित,
ये प्यारी रेल हमारीं

लघुकथा

शोर में पसरा सन्नाटा

जयति जैन 'नूतन'
पुणे (महाराष्ट्र)

बस दौड़ रही थी जिंदगी । ठीक वैसे ही जैसे रेल दौड़ रही थी पटरियों पर । कितना कुछ रह गया था कहने सुनने को जैनम और माही के बीच में... पर अब कोई फायदा नहीं था क्योंकि वो जो पल था वो तो पिछले स्टेशन की तरह कहीं दूर छूट चुका था । चने-मूंगफली लेकर थोड़ी थोड़ी देर में बेचने आने वाले लोग, जिस आशा से यात्रियों को देखते हैं, ऐसी ही कुछ आशा लगाकर माही भी देख रही थी कि काश एक बार कुछ बोल दे जैनम । लेकिन रेलगाड़ी के डिब्बों की तरह एक-एक शब्दों की लड़ी जहन में बढ़ती चली जा रही थी, कई बार उस लड़ी को तोड़कर कुछ कहने की कोशिश की, पर मूक दर्शक बनी बैठी रही । काश तुम सुन सकते जैनम...

बोलती भी क्या कि अब मैं सुनना चाहती हूँ इस सफर के शोर में, हर वो बात जो तुम कहना चाहते थे । तुम बोलो मैं समझने की कोशिश करती हूँ ठीक वैसे ही जैसे बिना बोले कभी तुम मुझे समझने की कोशिश करते थे । मैं तुम्हारे मौन को भी समझना चाहती हूँ, तुम्हारे अंतर में उठे ज्वलंत प्रवाह में मैं भी बहना चाहती हूँ ताकि देख सकूं खुद को खोने से उत्पन्न धधकती अग्नि को ।

मैं भी तुम्हें देखकर तुम्हारे अंतर में होने वाली हलचल को समझना चाहती हूँ, वैसे ही जैसे स्टेशन पर खड़ा यात्री बस डिस्प्ले देखकर समझ जाता है कि उसका सफर कितनी देर में शुरू हो सकेगा उसे जरूरत नहीं होती कि कोई बोले या किसी को सुने वह । आज मैं इस सफर में हूँ तो तुम्हारे साथ लेकिन कुछ समझ नहीं पा रही ।

तुम नि:शब्द हो जैनम और मुझे इस रेल में भी सन्नाटा पसरा लग रहा है, ये आवाजें नहीं मानो चीखें हैं जो इस वक्त की नजाकत पर रुदन कर रही हैं ।

एक ऐसा ही वो सफर था जब तुम मुझसे फोन पर बहुत कुछ कहना, सुनना चाह रहे थे और मैं सुन नहीं रही थी, समझना नहीं चाहती थी तुम्हारी बेबसी को । किस्मत ने मुझे आज उसी मोड़ पर खड़ा कर दिया, ना वो रेल हादसा होता ना मैं तुम्हारे बोलने-सुनने का इंतजार करती । आज मैं तुम्हारे सामने ही हूँ, मेरी चीखती खामोशी सुन सकते हो तो वही सुनो....

कविता

भारतीय रेल

प्रकाश पटवर्धन, पुणे (महाराष्ट्र)

रेल हमारी गरीब घर की, सबकी सेवा में आती
भाडा सबसे कम लेती पर, सुविधा खूब दिलाती ।
अवागमन की सूचना देती, खाना भी दिलवाती
नहीं अन्य सेवा से जनता, इतना सब कुछ पाती ।

राज्य परिवहन की तुलना में, रेल बहुत ही आगे
निजी परिवहन बस देखो जी, शहरों में ही भागे ।
सूरज सा जो साफ दिखे है, किसको क्या समझायें
लाखो रेल प्रवासी प्रतिदिन, रेल सफर ही मांगे ।

कविता

स्टेशन

नम्रता सरन 'सोना'
भोपाल (मध्यप्रदेश)

जब-जब
सफ़र पर निकली,
रेल मे बैठे-बैठे
शुरू हुए दो सफ़र
एकसाथ....
एक मंजिल पर पहुँचने का
और,
दूसरा विचारों का....
जब भी रेल रुकी
न जाने क्यों?
स्टेशन पे
एक बैचेनी सी
महसूस की हमेशा.....

एक ठहराव
एक जड़ता
एक डर
जैसे छूट रहा है कुछ,
कुछ ढूंढती सी नजरें,
थके थके कदम
मंजिल की तरफ
दौड़ते पहिये......

किसी का मिलना
किसी का बिछड़ना
कोई मिल रहा गले
कई छूटते से हाथ,
दूर तक गाड़ी के
साथ-साथ भागते लोग,

पल भर का ठहराव
फिर गतिमान जिंदगी,
मानो प्लेटफार्म पर खड़ी ज़िंदगी
असमर्थ है भागती जिंदगी को
पकड़ पाने में......

स्टेशन के प्लेटफार्म पर
सिमटती जिंदगी
आपाधापी में
बिखरती जिंदगी,
मुसाफिर खानों में
अपनी बारी का
इंतजार करती जिंदगी,
जिंदगी की दौड़ में
अव्वल आने को,
टिकट कटाती जिंदगी....

रेल के इंजन सी
हल्की सी छुकछुक से शुरू
अगले ही पल
हवा से बतियाती ज़िंदगी....

कविता

मेरी बाल सखी ट्रेन

मीनाक्षी मेनन
होशियारपुर (पंजाब)

मेहंदी लगे हाथ,
मांग में सिन्दूर, पांव में छ्न छ्न करती पायजेब ...
पापा के जिगर का टुकड़ा
माँ की राज दुलारी होकर भी
मैं -पराया धन ।
आ गयी डोली में बैठ-चल दी ....
अंजान डगर पे-बेगाने घर को अपना बनाने
यूं तो हर लड़की सब कुछ छोड़ के आती है पीहर में,
पर मेरा नुकसान थोड़ा ज्यादा था,
छूट गयी पापा के घर के बहुत पास
इक रेलवे लाईन, छोटा सा स्टेशन, और मेरी बाल सखा ट्रेन ।
जाने क्या कशिश थी ट्रेन की आवाज़ में, बचपन से ही लगता था
वो छुक-छुक करती है तो बस मुझे बुलाने को-रिझाने को-बहलाने
को-पास बिठाने को, याद है मुझे दादी के बहुत-बहुत
डांटने पर, मना करने पर, आंखें दिखाने पर भी
कि घर से नहीं निकलना अब, अपशकुन होता है-
मैं अपनी सबसे प्यारी दोस्त को मना कर आधी रात अपनी शादी से

ठीक पहली रात स्टेशन पे खड़ी ट्रेन को देखने आयी थी-काशी भी रो पड़ी थी, वो मेरा ट्रेन के संग अथाह प्रेम जानती थी,

समझती थी और खूब प्यार आया उस पे...

वो अपने भाई का इंस्टेंट कैमरा

उठा लायी थी- मेरी तस्वीर ट्रेन के साथ उतारने को, कितना हँसे थे हम दोंनो -बिल्कुल काली स्याह फोटो निकली थी गहरी रात सी काली । काशी कह रही थी घर को

आते हुए, 'मिट्टी! याद है तू जब छोटी थी...

तो कहती थी अंकल से-

मुझे ट्रेन वाले से शादी करनी है,-

'हां काशी याद है- बड़े यतन से

समझा पाये थे वो हमें कि ठीक है बड़ी हो जा फिर कर देंगे,

मैं बड़ी तो हो गयी-समझ भी गयी कि ट्रेन चलाने वाले से शादी नहीं करूंगी ।

पर ट्रेन से मेरा प्यार नहीं छूटा'

जाने क्या है इसकी सीटी में क्या है इसकी छुक-छुक में

क्या है इसके लाल रंग के डिब्बों में-

खींचते हैं मुझे अपनी ओर, गृहस्थी में उलझ गयी,

अच्छी पत्नी, बहू और माँ के रूपों में ढल गयी

कह नहीं पाती हूँ किसी से पर

आज भी पाकीजा फिल्म का वो सीन भूल नहीं

पाती हूँ - जब मीना कुमारी ट्रेन की आवाज़ सुन के

संगीत की महफिल छोड़ के

मुंडेर पे आ खड़ी होती है

किसी मुसाफ़िर की इन्तज़ार में या
किसी ट्रेन के छूट जाने की टीस दिल में लिए
लगता है वहीं उसी मुंडेर पर
मेरा भी कोई हिस्सा खड़ा है आज भी उसी मुंडेर पे
जाने किस के इन्तज़ार में कह नहीं पाती हूँ किसी से -
पर अपने मन में कहती रहती हूँ -
जिस दिन निभा दूंगी ये ज़िम्मेदारियाँ सारी
इस लम्बे सफर की ट्रेन पकड़ के निकल जाऊँगी कहीं दूर....

यात्रा वृतांत

हादसा

लता शर्मा 'सखी'

नैनीताल (उत्तराखंड)

ये एक यात्रा वृतांत भी है और संस्मरण भी, क्योंकि ये संस्मरण मेरे न से जाएगा, मुझे नहीं लगता । तो हुआ यूं कि मैं अपनी छोटी दी के घर बरेली से बड़ी दी के घर काशीपुर जा रही थी और साथ में दी, उनका 18 साल का बेटा और उसी के आस पास के दी के भतीजा भतीजी थे, हम कुल मिलाकर 10 लोग थे । अब सब (मुझे और दी को छोड़कर) मस्ती कर रहे थे । हम ट्रेन में चढ़े और दो बर्थ रिज़र्व कर ली और हंसते गाते, एक दूजे की भी और आस पास के लोगों की भी खिल्ली उड़ाते सफर कर रहे थे ।

तभी झटके से ट्रेन रुक गई। झटके से मेरा सर खिड़की से टकरा गया, मैं खिड़की के पास जो बैठी थी । मैं अपने सर को सहला ही रही थी कि दीदी का बेटा बोला एक आदमी ट्रेन से कट गया है । उफ़्फ़्फ़... ये सुन कर हम सकते में आ गये, दिल की धड़कन किसी स्पीड ट्रेन की तरह दौड़ पड़ी । उसने बताया कि वो कोई 30-32 साल का आदमी था, जो अपनी ही लापरवाही के कारण मरा था, क्योंकि वो दरवाज़े पर झूल रहा था, अचानक उसका हाथ छूटा और ट्रेन के पहियों ने उसे अपनी ओर खींच लिया, कुछ सेकेंड में उसके कटे हुए अंग पटरी पर पड़े थे और साथ में हर तरफ खून ही खून! उसके बाद ट्रेन पीछे की गई । एम्बुलेंस आई, पुलिस भी आई । लाश को पटरी से पूरी तरह हटाने में आधा घंटा लग गया । पर खून के कतरों से पूरी पटरी लाल ही रही । जिसने वो सब देखा सहम गया । मौत वो भी इतनी वीभत्स! गाड़ी चली तो दी का बेटा बोला, मासी खिड़की से देखना अभी उसकी लाश दिखाई देगी । मुझमें तो हिम्मत थी नहीं, न दी में, मगर उन सबमें से तीन लोगों ने देख लिया

। और जो बताया उसे सुनकर आंख से आंसू बह निकले सबके, और साथ में यूँ लगा जैसे सांस एक पल को रुक गई । जिसने देखा था उसने बताया कि उसके एक पैर और एक हाथ के कई सारे टुकड़े हो गए थे । सर भी बीच में से फ़ट गया था, और दूसरे हाथ पैरों की हालत भी बहुत ज्यादा दयनीय थी, खून बह रहा था, जिस्म में जगह जगह से मांस उखड़ गया था । और मांस के लोथड़े पटरियों पर बिखरे पड़े थे । सच कहूँ, सुना भी न गया, देखती तो न जाने क्या होता । फिर ट्रेन चली और काशीपुर पहुंच गई, पर मन पूरी तरह खराब हो गया था । दी बोली माँ को ये सब कभी मत बताना । वो न सुन पायेंगी, और फिर तुम लोगों को अकेले सफर भी न करने देंगीं आखिर माँ हैं वो ।

आज सोचूँ तो सब सही कह रहे थे कि गलती उस आदमी की ज्यादा थी, ये बात सच है । क्योंकि अंदर थोड़ी जगह थी उसे अंदर रहना चाहिए था जैसे सब थे । और रेल प्रशासन की भी गलती थी । ट्रेन में क्यों इतनी भीड़ होती है? और सुरक्षा के उपाय पूरे नहीं होते । पूरी ट्रेन में पैसेंजर ठूँसे हुए थे । बरेली से जितनी भी ट्रेनें चलती हैं उनका कमोबेश यही हाल होता है । तो गलती दोनो की है, उस आदमी की ज्यादा इसलिए क्योंकि हमें खुद ही सावधान रहना चाहिए । जाते समय दी का बेटा ज़रा सा बाहर झांका तो दी ने उसे डाँट दिया था । और उस आदमी ने अपनी लापरवाही और हीरोगिरी में अपनी जान गंवा दीं बाद में पता चला कि उसके दो मासूम बच्चे हैं, बीवी है और कोई नहीं । उसने सबकी जान एक साथ दाँव पर लगा दी । एक परिवार में जब एक इंसान की मौत होती है तो सिर्फ वो इंसान नहीं उसका पूरा परिवार एक तरह से मर जाता है। और उनको अपनी जिन्दगी दोबारा शुरू करनी पड़ती है । हम इंसानों ने बड़ी मशीन बनाई है । मगर ये भूल जाते हैं, कि मशीन मशीन होती है । उसमें कोई भाव नहीं होता और नुकसान ज्यादा होते हैं । जरा सी लापरवाही जान ले लेती है, फिर चाहे वो चलने वाली ट्रेन हो या घर में रखी प्रेस । हमें सावधानी रखनी ही चाहिए । ये घटना दिलो दिमाग से जाती ही नहीं । आज भी यूँ याद है जैसे कल ही की बात हो ।

संस्मरण

सफर में

शेर सिंह

कुल्लू (हिमाचल प्रदेश)

जून महीने की भीषण गर्मी और लोगों की भारी भीड़ । लेकिन यही समय होता है जब इन दिनों हर कोई यात्रा और सफर पर निकल पड़ता है । कुछ मजबूरी में, कुछ जिंदगी का लुत्फ उठाने के लिए । इसलिए ट्रेन, बसों, फ्लाइटों सभी ओर भीड़ ही भीड़ दिखती है । लेकिन मुझे मजबूरी में सफर करना पड़ रहा था । मेरे पास ट्रेन का कंफर्म टिकट नहीं था । मेरे बहुत कोशिश करने के बाद भी मुझे कंफर्म टिकट नहीं मिला था । जाना जरूरी था । इसलिए तत्काल कोटे के अन्तर्गत वेटिंग टिकट पर ही मैं ट्रेन में चढ़ गया था । मेरे पास न सीट नंबर था और ना ही कोच नंबर । टिकट बेशक थ्री टायर एसी का था । लेकिन था वेटिंग वाला ही ।

चारबाग के छोटे रेलवे स्टेशन में जैसे ही ट्रेन लगी, मैं थ्री टायर एसी के एक कोच में चढ़ गया । मेरे पास इसके अतिरिक्त और कोई चारा नहीं था । भीड़ की चिल-पों, धकम-धकी के बाद मैं एक साइड वाली सीट पर बैठ गया । मन में कुछ चिंता और संकोच दोनों भाव उमड़ रहे थे । लेकिन मैं अपने चेहरे पर निर्विकार भाव ओढ़कर बैठा रहा । ढीटपना मेरे स्वभाव में नहीं था । इसलिए थोड़ी चिंता हो रही थी । सामान के नाम पर मेरे पास कुछ नहीं था । केवल एक छोटा सा ट्रेवल बैग था । बैग को मैंने सीट के नीचे अपने पैरों के पास रख दिया । जब अपने को थोड़ा व्यवस्थित किया तो आस-पास निगाह डाली । मेरे साथ वाली सीट पर एक चुस्त सा मजबूत कद-काठी वाला युवा बैठा था । उसके चेहरे- मोहरे से वह तीस-पैंत्तीस वर्ष से अधिक का नहीं लग रहा था । उसके चेहरे से एक अजीब सी कठोरता झलक रही थी । घनी

भौंहे, पैनी निगाहें । वह क्रीम कलर का सफारी पहने बैठा था । मैंने उसे सरसरी नजर से देखने के बाद सामने की बर्थ की ओर देखा । सामने के दोनों नीचे वाले बर्थ में से एक सीट पर एक लंबे-चौड़े मध्यम वय का व्यक्ति बैठे न बैठे के भाव अपने चेहरे पर लिए सीट के किनारे बैठा हुआ था । वह गहरे रंग का सफारी पहने हुए थे । छह फुट से भी अधिक लंबा, लेकिन औसत इकहरा शरीर । चेहरे पर ऐसे भाव जैसे कोई लाइलाज बीमारी उग आई हो। गंभीर मुख मुद्रा! दूसरी सीट पर एक नौजवान सफेद चादर को सीट पर बिछाने और व्यवस्थित करने का उपक्रम कर रहा था । वह बड़ी जल्दी - जल्दी और कुशलता से अपने सधे हाथ चला रहा था । वह बर्थ पर बिस्तर को ऐसे बिछा रहा था जैसे किसी प्राइवेट अस्पताल में एक नाजुक लेकिन कुशल नर्स किसी वीआईपी मरीज के लिए बेड तैयार करती है ।

उसने करीने से सबसे पहले बर्थ पर सफेद चादर बिछाया, तकिया रखा । तकिये के साथ अपने साथ लाए तौलिए को रखा । रेलवे द्वारा उपलब्ध तौलिये को उसने एक तरफ रख दिया । बिस्तर तैयार हो जाने पर उसने ऊपर से ओढ़ने के लिए अपने शाल को रखा । जब उनके सहायक ने बर्थ पर बेंड़िंग को अच्छी तरह से व्यवस्थित कर लिया, तो दूसरी सीट के किनारे जरा सा अपने को टिकाए लंबा-चौड़ा और चेहरे पर गम्भीरता लिए वह व्याक्ति उठा । बिस्तर लग जाने के बाद उन्हें नौजवान ने उस सीट पर आने के लिए कुछ अतिरिक्त रूप से झुकते हुए आमंत्रित किया, "आइये सर... आराम कीजिए।" सहायक ने बड़े आदर से अपने झुके सिर को और झुकाते हुए कहा। वे व्यक्ति उठे और बर्थ पर बिछे झक सफेद बिस्तर के पास आ खड़े हुए । फिर वे करीने से बिछे बिस्तर के ऊपर रखे बादामी रंग के शाल को तनिक उठा कर बैठ गए । जूते उतारने लगे तो उनके सहायक ने लपक कर उनके पैर अपने हथेलियों में थाम लिए । फिर धीरे से उनके दोनों पांवों के जूते उतारकर बर्थ के नीचे सरका दिया । वह व्यक्ति जैसे अस्वस्थ या बीमार हों, इस तरह से कराहते हुए बिस्तर पर लेट गए ।

उनके निजी सहायक ने उन्हें छाती तक गर्म शाल ओढ़ा दिया । वे चित हो कर लेट गए । पर उनकी निगाहें इधर-उधरताकती, उड़ती, उलझती सी रही । उनका सहायकखड़ा होकर सेलफोन पर आते कॉल्स को अटेंड भी करता जा रहा था ।

उसके दोनों हाथों में सेलफोन थे जो कभी-कभी एक साथ बज उठते थे । विशेष कॉल्स को वह अपने पहने हुए कपड़े पर पौंछ कर लेटे हुए व्यक्ति को पकड़ाता था । वे धीरे से सेलफोन को पकड़ते और हां.. हूं करके एक मिनट से भी कम समय में सेलफोन अपने सहायक को वापस पकड़ा देते । वे कोई वीआईपी लग रहे थे । लेकिन उनके हाव-भाव देख कर लग रहा था कि वे कुछ बीमार या अस्वस्थ हैं। उनका नौजवान सहायक बड़ी कुशलता और फुर्ती के साथ उनकी एक-एक वस्तु को व्यवस्थित कर रहा था । ऐसा लग रहा था कि वे ट्रेन में नहीं किसी होटल या अस्पताल में हैं।

वह मध्यम कद लेकिन मजबूत, गठीले शरीर का नौजवान था । सफारी पहने होने के बावजूद उसकी कमर से लटक रही एक काली, कठोर वस्तु पर मेरी नज़र पड़ी। वह उसकी गन थी यानी रिवाल्वर । मैंने मन ही मन अनुमान लगाया कि बिस्तर पर लेटे हुए व्याक्ति कोई तो विशेष हैं । नौजवान उनका बॉड़ीगार्ड हो सकता है । उसने पानी की बोतल आदि सीट के साथ लगे टेबलनुमा स्टेंड पर अच्छे से जमा दिया । वह कभी खाली सीट पर बैठता, कभी खड़ा होकर फोन पर संक्षेप में कुछ बोलता । वह बड़ा व्यस्त लग रहा था । फोन पर फोन आ रहे थे । और वह सबको धैर्य से रिसीव कर रहा था ।

मैंने मेरे साथ बैठे नौजवान को अब ध्यान से देखा । उसकी कमर से लटकती गन को भी मैंने देख लिया था । उसके चेहरे की कठोरता को देखते हुए भी कुछ झिझक लेकिन विनम्रता के साथ मैं उससे बोला, "मेरे पास कंफर्म टिकट नहीं है । यह सीट खाली देखी तो इस पर बैठ गया हूं। आपको कोई परेशानी तो नहीं होगी ?" मेरे विनम्र स्वर को भांप कर वह बोला, "कोई बात नहीं, यह सीट भी

हमारी है । आप आराम से बैठें।"

"धन्यवाद!" मैंने उसे दिल से धन्यवाद दिया। मेरा मन प्रसन्नता और निश्चिंतता से भर गया । "आप दिल्ली जाएंगे ?" उसने पूछा। "नहीं... गाजियाबाद तक जाऊंगा और आप लोग?"

"हम दिल्ली जा रहे हैं ।"

"आप इनके साथ हैं?"

"हां । ये चारों सीटें हमारी हैं ।" उसने बताया । मेरे मन में बड़ी जिज्ञासा हो रही थी । मुझ से रहा नहीं गया तो मैंने धीरे से पूछ ही लिया, "ये कौन हैं?"

"मंत्रीजी हैं । दिल्ली जा रहे हैं । एक मीटिंग में शामिल होने के लिए जा रहे हैं । हम दोनों इनके साथ हैं ।"

"अच्छा.." मैं कुछ संकोच, कुछ असमंजस में पड़ गया । किसी मंत्री के साथ ट्रेन में सफर करने का संभवतः यह मेरा पहला अवसर था । ट्रेन अभी तक चली नहीं थी । बहुत भीड़ होने के बावजूद इस तरफ कोई आया नहीं । एयर कंडीशंड कोच होने के बावजूद आस-पास की सीटों से जोर-जोर से बोलने की आवाजें आ रही थी । शायद सबने दोनों गठीले नौजवानों के पास गन देख लिए थे । हो सकता है, कोई उन्हें पहचानता भी होगा । लेकिन इस तरफ कोई नहीं आया ।

जब गाड़ी स्टेशन से निकली तो मैं आराम से सीट पर फैल कर बैठ गया। मंत्री महोदय जो लेटे हुए थे, सीट पर उठकर बैठ गए । मैंने दोनों हाथ जोड़ कर उन्हें प्रणाम किया । उन्होंने एक नजर मुझ पर डाली और पूछा, "दिल्ली जाएंगे?"

"जी... मुझे गाजियाबाद तक जाना है ।"

"लखनऊ में रहते हैं?"

"जी । लखनऊ में रहता हूं । काम से गाजियाबाद जा रहा हूं । सर ! किशोर वर्मा नाम है मेरा ।"

"लखनऊ के ही हो?"

"नहीं नहीं सर। मैं तो दूसरे स्टेट का हूं। लखनऊ में सर्विस करता हूं।"

"कौन से विभाग में है?" उन्होंने फिर पूछा। "जी.... बैंक में नौकरी करता हूं। सर! हमारा बहुत दूर-दूर ट्रांसफर होता है। अभी हाल ही मैं ट्रांसफर होकर लखनऊ आया हूं।" वे बड़ी धीमी आवाज में और रूक-रूक कर मुझ से मेरा परिचय पूछ रह थे। शब्द उनके मुंह से ऐसे निकल रह थे जैसे उनके गले या मुंह में बहुत तकलीफ हो। मैं बड़े धैर्य से उनके सवालों का जवाब देता रहा।

मेरे साथ बैठा उनका बॉडी गार्ड यादव ज्यादा उठ या बैठ नही रहा था। अधिकतर वह इत्मीननान से बैठा रहता था। लेकिन दूसरा अधिकतर खड़े-खड़े ही बातें कर रहा था। उसके सेलफोन पर हर दो मिनट पर कॉल आ रहे थे। फोन पर वह पहले बहुत धीमी आवाज में फिर वही शब्द, वाक्य दोहराता, जो मैं अब तक समझ नहीं पाया था, फिर फोन करने वाले से तनिक ऊंचे स्वकर में कुछ पूछता और सेलफोन को अपने सफारी पर पौंछ कर उस लेटते, बैठते व्यक्ति को पकड़ाता। वे बीमारों की सी आवाज में बहुत धीमे से कुछ बोलते और सेलफोन को वापस अपने सहायक यानी बॉड़ी गार्ड को पकड़ा देते। वह मोबाइल को पकड़ ही रहा होता कि इतने में दूसरा कॉल आ जाता। वह फिर धीमी आवाज में वही "जय..." कुछ बोलता और उसके बाद जानकारी लेता। वह कभी हिंदी में, कभी भोजपुरी में बोलता। लेकिन सेलफोन पर बड़ी मृदुलता और शालीनता से बात कर रहा था। फोन कभी मंत्रीजी को पकड़ाता, कभी अपनी बात खत्म करके बंद कर लेता। उसके पास दो-तीन सेलफोन थे। वह दोनों हाथों से फोन पकड़ता। कभी एक को एक कान से लगाता कभी दूसरे को दूसरे कान से। कभी कान से सटाकर गर्दन की सहायता से फोन को टिकाए बात करता, और हाथ से छोटी सी डायरी के पन्ने पलटने लगता था। वह मंत्रीजी का निजी सहायक, सचिव, बॉडी गार्ड सब कुछ लगा

रहा था । मैं उसके फोन उठाने पर कहे जाने वाले शब्द को पकड़ने की कोशिश कर रहा था । लेकिन अभी तक अपनी कोशिश में सफल नहीं हो पाया था ।

मैं खुश था । बर्थ नहीं होने के बावजूद मैं सीट पर आराम से बैठा हुआ था । अपनी किस्मत को दाद दे रहा था । वाह बेटा! इसे कहते हैं संयोग ! इसे कहते हैं किस्मत! टिकट कंफर्म नहीं होने पर जितनी चिंता तब हो रही थी, अब वो चिंता छू मंतर हो चुकी थी । उन मंत्रीजी माने वीआईपी के सौजन्य से मैं निश्चिंत, चिंतामुक्त होकर सफर कर रहा था । बेशक दिन की यात्रा थी। लेकिन सीट के बिना यात्रा कितनी दुश्वार होती है, यह कोई भुक्तभोगी ही समझ सकता है ।

"मुन्ना! पानी पिलाओ ।" लेटे हुए मंत्री महोदय ने अपने सचिव को कहा। उसने सेलो के बड़े से वाटर बोटल से एक साफ गिलास में पानी उंडेला । और अदब से दोहरा होकर उनके हाथ में बड़ी नजाकत से पकड़ाया । ऐसे, जैसे कोई मां अपने छोटे से बच्चे को पानी का गिलास देती है । उन्होंने घूंट-घूंट कर पानी पिया । फिर गिलास वापस अपने सहायक को पकड़ा दिया जिसे वे मुन्ना कहकर पुकार रहे थे ।

ट्रेन कानपुर पहुंचने वाली थी । मुन्ना ने एक बड़े से लाल चमकते सेब को धोकर प्लेट में रख, मंत्रीजी के साइड टेबल पर रखा । फिर अपनी थैली से एक सफेद मुठ वाला चाकू निकाला । वह कत्थई रंग के कपड़े की ही थैली थी! बैग नहीं । मंत्रीजी स्वयं ही बड़े करीने और संयम से सेब को धीरे -धीरे छीलने लगे । जब सेब को छील चुके, तो छिलकों को मुन्नी ने उठा लिया । मंत्रीजी ने छीले और काटे हुए सेब का पहला टुकड़ा उठाकर मेरी ओर बढ़ाया । मैंने दोनों हाथ जोड़ शालीनता से मना कर दिया। फिर वे धीरे-धीरे सेब के एक -एक टुकड़े को खाते रहे । जब तक उनका सेब खत्म हुआ, ट्रेन कानपुर सेंट्रल स्टेशन पर पहुंच गई थी । यहां से और बहुत सवारियां चढ़ी । लेकिन उतरे बहुत थोड़े से । धड़धड़ करते कई लोग मंत्रीजी की सीट तक

आए । वे सब फूलमालाएं लेकर आए थे। और मंत्रीजी के गले में पहना कर उसी तरह धड़धड़ करते वापस उतर गए । वे उनके चाहने वाले, उनके कट्टर समर्थक थे शायद ।

मंत्रीजी के साथ वाली बर्थ वैसे ही खाली थी । उस पर उनका सहायक मुन्ना कभी बैठता, कभी खड़ा हो जाता । अधिकतर वह खड़ा ही रहता । मैं और मेरी साथ की सीट पर उनका दूसरा बॉड़ी गार्ड यादव बड़े आराम से बैठ हुए थे । मैंने धीरे से उनके सुरक्षा कर्मी से पूछा, "कौन से विभाग के मंत्री हैं?"

"परिवहन मंत्री हैं । बहुत पावरफुल हैं ।" उसने धीरे से मुझे बताया । मैं लखनऊ में कुछ समय पहले ही आया था । इसलिए मेरी जानकारी बहुत कम थी । इनको तो मैं बिल्कुल नहीं जानता, पहचानता था । मेरे चांदी हुए बाल और चेहरा, मोहरा देखकर ही शायद यह सब बता रहा था वह । उसे शायद लग रहा था कि मैं मंत्रीजी के लिए किसी प्रकार का खतरा नहीं हो सकता हूं । "मैं इनके साथ लगभग पांच साल से हूं । बहुत अच्छे व्यक्ति हैं । बहुत लोकप्रिय हैं । लोग बहुत मानते हैं इन्हें । हमारा भी बहुत ध्यान रखते हैं ।" मेरे साथ की सीट पर बैठा उनका दूसरा सुरक्षा कर्मी यादव मुझे धीरे-धीरे बता रहा था । मेरे मन में एक विचार चक्कर काट रहा था । मैं ऊहापोह में था । यादव से पूछूं या न पूछूं कि मंत्री जी ट्रेन में क्यों सफर कर रहे हैं । वो भी थ्री टायर एसी कोच में । नेतागण या मंत्रीं तो हवाई जहाज से ही यात्रा करते हैं । कभी-कभी तो अपने ही हेलीकॉप्टर पर उड़ते हैं । फिर ट्रेन से यह सफर? शायद जनसंपर्क या अपने समर्थकों से मिलने का यह भी एक तरीका हो? यादव से इस बारे पूछना मुझे उचित नहीं लगा । मैंने अपने विचार को त्याग दिया ।

मंत्रीजी का दूसरा अंग रक्षक माने सुरक्षा कर्मी यादव मंत्री जी के आस -पास केवल तभी जा रहा था जब मुन्ना बाथरूम या किसी अन्य काम से इधर-उधर होता । यादव को देखकर ही लगता था कि वह सुरक्षा कर्मी है । उसका लंबा- चौड़ा और गठीला शरीर, अपनी कहानी

आप बता रहा था ।

मेरा किसी राजनीतिक व्यक्ति के साथ इतनी निकटता से बैठने, बात करने या रूबरू होने का संभवतः यह पहला ही अवसर था ।

राजनैतिक लोगों के संबंध में मुझे वो वाकया याद आ गया जब मैं एक बार मनाली घूमने गया था । मैं अपनी पत्नी के साथ सड़क के किनारे किसी टैक्सी का इंतजार कर रहा था । एक बड़ी सी कार आती दिखी तो मैंने यूं ही अपना दायां हाथ उठा लिया था । कार हमारे पास पहुंचते ही धीरे से रूकी । कार में केवल एक मध्यम वय का व्यक्ति बैठा था और वही गाड़ी चला रहा था । कार में और कोई दूसरा नहीं था । मैंने उनसे क्षमा मांगते हुए कहा था कि सॉरी हम समझे कि टैक्सी है, इसलिए हाथ दिया था । कोई बात नहीं उन्होंने कहा था और अपनी कार में हमें मनाली तक लिफ्ट दी थी । रास्ते में बातचीत के दौरान कुछ परिचय हुआ तो मैंने बताया कि हम लोग गाजियाबाद से आए हैं । लेकिन उन्होंने अपने बारे में जो बताया था उससे हम दोनों ही भौंचके रह गए थे । हमें बहुत अच्छे भी लगा था । लेकिन हम हैरान जरूर हुए थे । उन्होंने बताया था कि वे कुल्लू से किसी पार्टी विशेष के विधायक यानी एमएलए हैं । और मनाली के रहने वाले हैं । उनका अच्छा व्यवहार देखकर हमें विश्वास नहीं हो रहा था कि वो एम.एल.ए. है । मेरा वो अनुभव ही नेताओं के बारे में सबसे अच्छा अनुभव था ।

"मुन्ना... चाय बनाओ।" मंत्रीजी ने मुन्ना को चाय बनाने के लिए कहा । उसने थर्मस से कप में चाय डालकर कप उनके हाथ में थमाया । उन्होंने कप को मेरी ओर बढ़ाया । मैंने फिर से हाथ जोड़ दिए । फिर वे चाय के कप को धीरे -धीरे अपने होंठों तक ले गए और चाय चुस्कने लगे ।

"मंत्रीजी अभी सफर में हैं । आपसे फिर मुलाकात होगी । आप उनके दिल्ली पहुंचने पर बात करना ।" उनका सहायक मुन्ना किसी को बता रहा था । उसके फोन पर धीमे से कहे जाने वाले प्रथम शब्द,

"जय..." को पकड़ने की कोशिश जारी थी । लेकिन अभी तक भी मैं सफल नहीं हो पाया था । वह बहुत धीरे से बोलता था । बोलता नहीं बल्कि बुदबुदाता सा लगता था । अधिकतर वह अंदर मंत्रीजी वाले बर्थ के पास खड़ा रहता था । इसलिए उसके कहे शब्द कम सुनाई देते थे । फोन करते-करते कंपार्टमेंट के उस भाग में वह गोल-गोल घूमते हुए बातें करता । फोन पर उसकी बातों से धीरे-धीरे मुझे कुछ समझ आने लगा था । लेकिन पक्के से अभी तक भी जान नहीं पाया था ।

मंत्रीजी एक बार बाथरूम की ओर गए तो उनके दोनों अंगरक्षक चौकन्ने होकर उनके पीछे-पीछे हो लिए । वे बाथरूम का दरवाजा खोल कर अंदर दाखिल हुए, तो मुन्ना बाथरूम के बाहर दरवाजे के पास मुस्तैदी से सावधान की मुद्रा में खड़ा हो गया । यादव वापस आकर उनके बर्थ के पास खड़ा हो गया था । दोनों ने अपने-अपने मोर्चे संभाल लिए थे । मंत्री महोदय जब बाथरूम से निकले तो मुन्ना फिर उनके पीछे-पीछे नपे-तुले कदमों से चलते हुए आया । उनके वापस अपने बर्थ के पास आते ही यादव ने भी अपने तने शरीर को ढ़ीला छोड़ा । वह फिर से अपनी सीट पर आ गया । मुन्ना मंत्रीजी की ऐसी सेवा टहल कर रहा था मानो वह कोई छोटा बच्चा हो, जो हर बात के लिए दूसरे पर निर्भर रहता है । मंत्रीजी के लेटने, बैठने के कारण बिस्तर पर सलवटें पड़ गई थी । सलवटों को मुन्ना ने अपने रूमाल से झाड़कर, चादरों के कोने पकड़ते हुए ठीक करने का प्रयास किया। जब मंत्रीजी पुनः अपनी सीट पर बिछे बिस्तर पर बैठ गए, तो मुन्ना ने फिर पहले ही की तरह उनके जूते उतारे और उन्हें धीरे से बर्थ के नीचे सरका दिया । इस बीच उसके सेलफोन तरह- तरह के रिंगटोन में बजते रहे । मंत्रीजी के बैठ जाने के बाद मुन्ना दो सीटों के बीच की गैलरी में खड़े-खड़े फिर फोन पर व्यस्त हो गया । लेकिन यादव साइड वाली सीट के ऊपर की बर्थ में जाकर लेट गया । पर जल्दी ही उठ कर बैठ गया । शायद जिम्मेदारी का एहसास उसे झपकी भी लेने नहीं दे रहा था ।

कानपुर के बाद इटावा, शिकोहाबाद, फिरोजाबाद स्टेशन आते

रहे, छूटते रहे। स्टेशन पर कुछ देर ट्रेन रूकती, फिर चल पड़ती। सवारियां चढ़ती, उतरती रही। टुंडला जंक्शन में कुछ हलचल हुई। कुछ लोग चढ़े। कुछ मंत्रीजी तक आए और फिर उतर गए। लेकिन ट्रेन जब अलीगढ़ स्टेशन पहुंची तो बाहर लोगों का हुजूम सा दिखाई दिया। फूलमालाएं लिए सफेद, चमकीले कपड़ों में लोग, "जिंदाबाद... मंत्रीजी जिंदाबाद" के नारे लगाते कोच में आ घुस थे। मोटे तोंद, झक सफेद वस्त्रों, कलाइयों में सोने के मोटे कड़े पहने लोग हाथों में फूलमालाएं और बड़े-बड़े पैकेट लेकर बोगी में चढ़ आए। उनके चेहरे पसीने से भीगे दिख रहे थे। बाहर जून की भयंकर गर्मी थी। उनके पास आते लोग हड़बड़ी में दिख रह थे। वे जल्दी -जल्दी परन्तु एक-एक करते हुए खड़े हुए मंत्री महोदय के गले में मालाएं डालने लगे। कुछ ने हाथ मिलाए, कुछ ने उनके पैर छुए। मंत्रीजी खड़े थे और सबको हाथ जोड़-जोड़ कर लोगों के अभिवादन, उनके द्वारा प्रदर्शित सम्मान को मुस्करा-मुस्करा कर स्वीकार करते हुए उनको प्रति उत्तर दे रहे थे। जो बड़े-बड़े पैकेट लेकर आए थे, उन्होंने वे सब मंत्रीजी की सीट के पास खाली बर्थ पर रख दिए। और उनके जय जयकार के नारे लगाते रहे। कोच की सभी सवारियां खामोशी से यह सब देखती रहीं। ट्रेन चल न दे, शायद इसी को ध्यान में रख जो भी मंत्रीजी के पास आए थे, हड़बड़ी में लग रहे थे। कुछ ने मुन्ना को भी माला पहना दी थी। ट्रेन में बैठी सवारियों के मुंह जैसे सिल गए थे। कहीं से कोई आवाज नहीं आ रही थी। बस ! सब खामोशी से देखते जा रहे थे। मेरे लिए यह एक अलग ही अनुभव था। सब की भांति मैं भी केवल खामोशी से देखता रहा।

मंत्रीजी का चेहरा अब एकदम सूरजमुखी के फूल सा खिल उठा था, जो अब तक बासी लौकी सा लटका हुआ था। अब तक न जाने क्योंकि वे नाराज-नाराज से दिख रहे थे। अब प्रसन्नता उनके चेहरे पर झलक आई थी। उनका चेहरा जो अब तक मुरझाया सा दिखता था, आश्चर्यजनक रूप से दमक उठा था। शायद अपने जय जयकार को सुन कर उनका उदास चेहरा खिल उठा था। अपनी प्रशंसा, गुणगान के

कारण ऐसा हुआ था शायद । मनुष्य की यह कमजोरी है - अपनी प्रशंसा सुनना और सुनकर प्रसन्न होना । फिर ये तो राजनैतिक व्यक्ति थे । अपना गुणगान, जय जयकार सुनना इनकी महा कमजोरी है ।

ट्रेन जब सीटी बजाकर सरकने लगी तो बोगी में चढ़ आए लोग नीचे उतर गए । "ये अपने ही लोग हैं । अपने समर्थक हैं ।" पहली बार उन्होंने सामान्य बातों के अन्दाज में मुझे बताया । उनकी आवाज में आश्चर्यजनक रूप से मिठास घुल गई थी । "मुन्ना ...देखो । इनमें शायद खाना है ।" मंत्री महोदय ने अपने सहायक को पैकेटों की ओर इशारा करते हुए कहा । उसने खाने के बंद पैकेटों को खोला । कई पैकेट थे । मुन्ना ने एक - दो पैकेट जो देखने में सबसे बड़े दिख रहे थे, पहले उन्हें खोला । उन्हें साइड के स्टेंडनुमा टेबल पर सजा दिया । मंत्रीजी एक - एक चीज को रुचि से देख रहे थे । मुन्ना ने जब सब कुछ ठीक से व्यवस्थित कर पैकेट में खाने को तरतीब से लगा दिया, तो पैकेट के एक -एक खांचे में मंत्रीजी के हाथ चलने लगे ।

मुन्ना ने एक पैकेट मेरे मना करने के बावजूद मुझे पकड़ा दिया । मैं थोड़ा झिझक रहा था और मुझे संकोच भी हो रहा था । लेकिन मंत्रीजी ने मुझे खाना खा लेने के लिए कहा तो मैंने पैकेट खोला काफी बड़ा पैकेट था । पनीर से बनी तरह -तरह की सब्जियां थी । सूखी सब्जी, चटनी, रायता, अचार, पापड़, मीठा, घी में चुपड़ी रोटियां, चावल, दाल, दही । इतनी चीजें थी कि सब खा पाना संभव नहीं था । मुन्ना ने एक और पैकेट मुझे पकड़ाना चाहा तो मुझे माफी मांगनी पड़ी । कहां तो मैं बर्थ के लिए परेशान था और कहां अब बर्थ के साथ- साथ स्वादिष्ट भोजन को छक रहा था । मेरे लिए तो जैसे दावत और पिकनिक पार्टी हो गई थी । मैं प्लेटनुमा पैकेट से खाने की एक -एक चीज को देखता हुआ खा रहा था । लेकिन मेरे मन में एक अलग ही विचार चल रहा था । मुझे किसी का कहा वो वाकया याद आने लगा था, जिसमें एक भूखा प्यासा व्यक्ति एक नेताजी के घर में पानी पीने को तरस रहा था । वह नेता जी से अनुनय विनय करते हुए नेताजी से कहता है, "हुजूर' मुझे प्यास लग रही है, पानी दें ।"

नेताजी कहता है, "पानी तो देता! लेकिन आदमी नहीं है ।" कुछ देर बाद वो भूखा प्यासा आदमी पुनः पानी पिलाने के लिए अनुरोध करता है । नेताजी का वही जवाब था, "पानी तो देता... आदमी नहीं है ।" प्यास से व्याकुल वो व्यक्ति तीसरी बार कुछ ऊंची आवाज में कहता है- "पानी पिला दीजिए ।" नेताजी का वही जवाब था, "आदमी नहीं है ।" इस बार उस प्यान से आदमी से रहा नहीं जाता है । वह बोल ही पड़ता है, "कुछ देर के लिए आप ही आदमी बन जाओ ।" ....लेकिन जिन नेताजी का दिया खाना मैं खा रहा था, वे मुझे कुछ - कुछ आदमी ही लग रहे थे । क्योंकि उन्होंने मुझ जैसे अनजान, अपरिचित व्यक्ति को इस बात का अहसास नहीं होने दिया कि मैं अब उनकी बर्थ पर बैठा हूं, और उनका दिया खाना खा रहा हूं । मेरा पेट भर गया था ।

प्लेटनुमा पैकेट में अभी भी बहुत सी चीज़े बची रह गई थी । मुन्ना ने मुझे बिसलरी के दो बोतल पानी भी दे दिया था । मैंने धीरे-धीरे एक बोतल को गटक लिया था । एक भरी बोतल वैसे ही मेरे पास पड़ी रह गई थी ।

मुन्ना और यादव ने भी खाना शायद क्षमता से अधिक ही खा लिया था । उनमें खाना पचाने की शक्ति और क्षमता दोनों थी । लेकिन खाने के कुछ पैकेट अभी भी अनपैक पड़े थे । फलों की डलिया, टोकरियां वैसे ही बंद, बर्थ के ऊपर पड़े थे । बहुत से लोगों की आंखें इसी ओर लगी हुई थी । भरपेट खाना खा चुकने के पश्चात मुन्ना ने अधखुले और कुछ बंद पैकेटों को उठाया और बाथरूम के पास दो कोचों के बीच गैप वाली जगह से उन्हें नीचे फेंक दिया । यह अन्न का अनादर था । भोजन की बर्बादी थी । उसने किसी और को ये पैकेट देना शायद उचित नहीं समझा था । अपनी-अपनी सोच, अपनी-अपनी वजह हो सकती है । लेकिन मुझे बड़ा खराब लगा ।

भोजन समाप्त करने के पश्चात मंत्री महोदय अब और खुश लग रहे थे । "आप कहां तक जाएंगे ?" उन्होंने मुझसे फिर पूछा । वे

अब यह मुझसे दूसरी या तीसरी बार पूछ रहे थे । "सर ! गाजियाबाद तक जाऊंगा । वहीं रहता हूं । "मैंने उन्हें फिर से बताया । "मुन्ना.. इनका नाम, पता नोट कर लो । ये हमारी पार्टी में शामिल होने चाहिए ।" उन्होने अपने सहायक सह बॉड़ीगार्ड से कहा । पार्टी में शामिल होने के नाम से मैं तनिक डर गया । उनका दिया खाना खा चुका था । मुझे बरबस फिल्म का वह डायलॉग याद आ गया, "सरदार! मैंने आपका नमक खाया है ।" और अब मंत्रीजी जैसे कहने वाले हों, "अब हमारी पार्टी ज्वाइन कर ।" अब मैं इंकार कैसे करता । लेकिन मैंने उनसे कहा, "सर । मैं तो सरकारी नौकरी में हूं । पार्टी में कैसे शामिल हो सकता हूं ।" मैंने बड़े भोलेपन और अपने को सीधा प्रदर्शित करते हुए कहा । मैंने भी राजनीति का गुर प्रयोग करना चाहा । "कोई बात नहीं । आप हमारी पार्टी से जुड़ने के लिए लोगों को प्रेरित करना । लोगों को हमारी पार्टी के बारे बताना । आप हमारी पार्टी का समर्थन करना । हमारे लोगों का स्पोर्ट करना ।" उन्होंने कहा ।

"जी सर..." मुझ से और कुछ बोलते नहीं बना ।

"आप मुझे लखनऊ में मिलना ।" उन्होंने फिर से कहा । कहा क्या, आदेश सा दिया । मैंने अपना सिर हिला कर अपनी हामी भरी । जैसे स्कूल में कोई नालायक बच्चा। टीचर के डांटने, डपटने पर सिर हिलाता है ।

मुन्ना के फोन वैसे ही बज रहे थे । अब मुझे उनका वो प्रथम शब्द बोलना, बुदबुदाना समझ आ गया था । वह धीमे से "जय भारत" कह रहा था । मंत्रीजी संभवतः अब मुझे अपना समर्थक मान रहे थे ।

मैंने धीरे से उनके बॉड़ीगार्ड यादव से पूछ ही लिया, "ये कौन सी पार्टी के हैं । कब से परिवहन मंत्री हैं ?" उनके सुरक्षाकर्मी यादव ने अपनी गन को छूते हुए धीरे से उनकी पार्टी का नाम बताया । ये भी बताया कि वर्तमान नहीं भूतपूर्व परिवहन मंत्री हैं । मैं चुप हो गया । सफर में तरह -तरह के लोगों से वास्ता पड़ता है । किसी मंत्री चाहे वे फिर भूतपूर्व मंत्री ही क्यों न हों, के साथ सफर करने का मेरा यह एक

अलग ही अनुभव था । यह अनुभव मेरे लिए अनोखा भी था और सुखद भी । उनके सौजन्य से मेरा अनिश्चित सफर बड़े आराम से कट गया था । उन्होंने अपनी सीट देकर और भोजन खिलाकर मुझ पर उपकार कर दिया था ।

ट्रेन दौड़ती जा रही थी । खुर्जा स्टेशन आने वाला था । मुन्ना ने मंत्रीजी का विजिटिंग कार्ड मुझे दिया। उसने मेरा नाम और मोबाइल नम्बर अपनी डायरी में नोट कर लिया । खुर्जा स्टेशन निकल गया तो मैं अपने थोड़े से सामान को समेटने लगा । फिर ट्रेन गाजियाबाद पहुंच गई । मेरा सफर यही पर समाप्त हो गया । मैंने मंत्रीजी को दोनों हाथ जोड़ कर नमस्कार किया । उन्हें बर्थ के लिए धन्यवाद दिया । उन्होंने मुझे एक बार फिर से लखनऊ में मिलने के लिए कहा। मैंने मुन्ना और यादव से हाथ मिलाया । गाड़ी रूकी तो मैं उतर गया । एसी कोच से उतरा तो बाहर की गर्म हवा ने चांटे मारना शुरू किया । लेकिन मैंने गर्म हवा के चांटों की परवाह नहीं की । मैं अपने घर की दिशा में चल पड़ा । मेरे हाथ में मंत्रीजी का दिया विजिटिंग कार्ड था ।

संस्मरण

अनजान मुसाफिर

लीना दरियाल

लखनऊ (उ.प्र.)

रेलगाड़ी.... छुक छुक रेलगाड़ी..... रेलगाड़ी में सफर का भी अलग आनंद है । अगर आपके भाग्य से अच्छे सहयात्री मिले तो ये सफर सुहाना भी हो जाता है । बचपन में रेलगाड़ी में बैठने का एक अलग ही उत्साह रहता था । बचपन में गर्मी की छुट्टियों में जब लखनऊ से देहरादून नानी के घर जाना होता था, तब हमें रेलगाड़ी में बैठने का अवसर मिलता था । जितना रोमांच रेलगाड़ी में बैठने के समय आता था उतना ही परेशान हो जाते थे, जब सोने का समय होता था । मुझे अभी भी याद है जब रात होती थी और सोने का समय होता था, मेरा रोना शुरू हो जाता था । मैं रोते हुए कहती थी कि सोने के लिए घर चलो, घर में सोएंगे, गाड़ी बहुत हिल रही है, यहाँ नहीं सो पायेंगे । अक्सर रेलगाड़ी में रोने के बाद ही निद्रा आती थी ।

रेलगाड़ी से सफर में सबसे अच्छा तब लगता था जब खेत खलिहानों की हरियाली दिखती थी । खेतों में रंग बिरंगे परिधानों में ग्रामीण कृषकों को काम करते देखना भी बड़ा सुखद लगता था । आंखों को एक अजीब सा सुख व सुकून मिलता था । देहरादून के करीब पहुंचने पर पहाड़ भी दिखने शुरू हो जात थे । शायद यह सब लखनऊ जैसे शहर में दुर्लभ होने के कारण ज्यादा अच्छा लगता था ।

हिंदुस्तान एक बहुत बड़ा देश है । जिसमें भांति भांति के लोग, भिन्न भिन्न भाषा और रहन सहन के लोग रहते है । एक बहुत बड़ी जनसंख्या रेलगाड़ी में सफर करती है । एक दो दशक पहले तक हिंदुस्तान की ज्यादातर जनसंख्या रेलगाड़ी में ही सफर करती थी ।

सफर के दौरान कई तरह के लोगों से मुलाकात होती थी । एक दूसरे से बातचीत करते हुए सफर कटता था और अक्सर सफर सुखदायी ही रहता था । आज की तरह नहीं कि कोई घर से सफर पर जा रहा हो तो हिदायत दी जाती है कि किसी से घुल मिल कर बात करने की जरूरत नहीं, किसी का दिया खाना नहीं, ये नहीं करना वो नहीं करना......दस तरह की हिदायतें दी जाती हैं। शायद आजकल के माहौल को देखकर चिन्ता करना और सावधानी बरतना जरूरी भी हैं । लेकिन हमेशा गलत लोग ही नहीं टकराते हैं । सफर में कभी कभी अनजाने लोग अचानक से ऐसी सहायता करके निकल जाते हैं कि आपको सोचना पड़ता है कि अगर उस व्यक्ति ने मेरी सहायता न की होती तो क्या होता । मेरे साथ भी कुछ ऐसा ही घटित हुआ था । जिसे याद करके आज भी रौंगटे खड़े हो जाते हैं ।

यह मई 2010 की घटना है जब मैं कार्यालय के कार्य से लखनऊ से गाजियाबाद गयी थी । वापसी में मैं गाजियाबाद स्टेशन पर अपने सहकर्मी के साथ बातें करते हुए फैज़ाबाद एक्सप्रेस का इंतजार कर रही थी । यहाँ बताना चाहूंगी कि गाजियाबाद स्टेशन पर रेलगाड़ी सिर्फ दो मिनट के लिए ही रूकती है । जब रेलगाड़ी आयी तो गाड़ी में अंकित नम्बर की वजह से कुछ स्पष्ट ना हो पाया । सहकर्मी ने स्टेशन में एक चाय वाले से भी पूछा तो उसने भी कहा ये फैज़ाबाद एक्सप्रेस नहीं है । लेकिन कुछ सेकंड बाद जब टी.टी. से पूछा तो उसने कहा कि यही फैज़ाबाद एक्सप्रेस है । मेरे सहकर्मी तो दौड़कर रेलगाड़ी में चढ़ गये लेकिन मैं भीड़ के कारण चढ़ ना पायी और मेरे पहुंचने तक रेलगाड़ी ने थोड़ी स्पीड पकड़ ली थी लेकिन उस समय मुझे कुछ समझ नहीं आया और मैंने दौड़ते हुए अपना सूटकेस एक कोच (रेलगाड़ी का डिब्बा) के गेट के अंदर की तरफ फेंका । लेकिन सूटकेस अंदर ना जाकर गाड़ी और प्लेटफॉर्म के बीच की जगह में गिर गया। संयोग से सूटकेस ट्रैक में नहीं गिरा नहीं तो उसकी धज्जियां उड़ जाती । मगर मुझे सूटकेस का होश ना रहा और मैं चलती गाड़ी के साथ दौड़ पड़ी । थोड़ी ही देर में मैंने दायें हाथ से चलती गाड़ी में गेट का रॉड पकड़ा

और गाड़ी में चढ़ गयी । लेकिन गाड़ी स्पीड पकड़ चुकी थी, जिसके कारण मुझे शरीर पर हवा का दबाव बाहर की ओर महसूस हुआ और मैं खुद को अंदर खींचने में असमर्थ रही । उस पल की स्थिति यह थी कि मैं दायें हाथ से गेट का रॉड पकड़े हुए थी, मेरे पैर तो गेट पर थे लेकिन बायाँ हाथ और शरीर बाहर की तरफ था, एक युवक वहाँ मौजूद था, उसने अपना हाथ बढ़ाकर मुझे अंदर खींच लिया । तभी मैंने देखा एक लंबा युवक मेरा सूटकेस लेकर गाड़ी के साथ प्लेटफॉर्म में दौड़ रहा था और थोड़ी देर में उसने सूटकेस को गेट के अंदर फैंक दिया । तब मुझे ध्यान आया कि सूटकेस में ही तो सब कैश और कार्यालय के कागजात थे ।

आज भी उन दो अनजान युवकों के बारे में सोचती हूँ कि उस दिन अगर अचानक से उन दो युवकों ने मेरी सहायता न की होती तो क्या होता । क्षण भर की देरी होने पर क्या हो सकता था, सोचकर रोंगटे खड़े हो जाते हैं । उन युवकों द्वारा ये त्वरित सहायता थी, मैं एक युवक को सिर्फ थैंक्स ही कह पायी, फिर वो भी अपने सीट की तरफ निकल गया और मैं भी अपनी सीट पर आ गयी । दूसरे युवक को तो सिर्फ मन से ही थैंक्स कह पायीं उनके लिए अभी भी थैंक्स और शुभकामनाएँ निकलती हैं।

जो भी इस घटना के बारे में सुनता, उसका सुझाव यही होता कि गाड़ी छोड़ देनी चाहिए थी, दूसरे दिन आ जाते । और ये सही सुझाव भी है, लेकिन उस समय कुछ समझ में नहीं आया और लगा कि गाड़ी नहीं छूटनी चाहिए ।

सफर में इसी तरह कई बार अनजान लोग अनजाने में आपकी सहायता करके अपने सफर में आगे बढ़ जाते हैं। वो रेलगाड़ी का सफर हो या जिंदगी का सफर, कभी कोई हमारे काम आता है तो कभी हम किसी के काम आते हैं ।

कविता

मैं रेल जैसा....

आलोक सिंह 'गुमशुदा'

लखनऊ (उ.प्र.)

थमता कहाँ हूँ, रुकता कहाँ हूँ?
हूँ पटरियां मैं तो
साथ खुद के चलता हूँ,
पर मिलता कहाँ हूँ
ज़िम्मेदारियों की
सवारियाँ लिए चलता हूँ
कभी खुद की
कभी परिवार की
ज़रूरतें पूरी करता हूँ ।
जैसे रेल पहुँचाती है
मुसाफिरों को
उनकी मंजिल पर
वैसे रिश्तों को खुद पर लाद कर
पार लगाता चलता हूँ
थमता कहाँ हूँ रुकता कहाँ हूँ?
मैं दौड़ता भागता
खुद का होता कहाँ हूँ
इंजन सा खींचता रहता हूँ
अपने दिल के कई हिस्सों को
धड़कता हूँ....
पर धड़कनो को सुनता कहाँ हूँ?
गुजरता जब हूँ मैं
अपनों की कसौटी के पुल से
थरथराता हूँ घबराता हूँ
पर मैं खुद से हारता कहाँ हूँ?
देर हो जाती है जैसे रेल को
पहुंचने में एक स्टेशन से
दूसरे स्टेशन पर
कभी मौसम की वजह से
तो कभी समय की बेवफाई की वजह से
वैसे ही मुझे देर हो जाती है
कभी अपनों को मनाने में
तो कभी खुद को समझाने में
पर मैं हौसला खोता कहाँ हूँ
मैं रेलगाड़ी जैसा हूँ 'गुमशुदा'
जाता हूँ आता हूँ ख्वाबों में
आँख खुलती है
तो भी मैं जाता कहाँ हूँ?

कविता

स्टेशन एक आग़ाज

सुनीता सिंह

उत्तर दिनाजपुर (पश्चिम बंगाल)

सुबह से संध्या तक
कभी संध्या से रात
इंतजार में रमे
बगुले को मँछली की आस ।
नजर आते ही झपट
दूर हुई टकरार
आखिर हुई हार ।
बदल गया चेहरा
गंतव्य तक पहुँचे
मंजिल मिली
होठों पे छाई मुस्कान ।
हो मुश्किल पल
या हो समय की मार
जिन्दगी में
ठहराव की
अहमियत सिखाता है स्टेशन ।

संस्मरण

एक सफ़र ऐसा भी

भावना ठाकर

बेंगलुरु (कर्नाटक)

वैसे तो हर बार हवाई जहाज से आना-जाना होता है समय के अभाव के चलते...पर इस बार बच्चों का समर वेकेशन था और सबको ट्रेन में सफ़र करने की बड़ी चाह थी, तो इस बार गुजरात से वापसी में ट्रेन में आने का तय किया। हमारा पूरा परिवार अहमदाबाद में मेरे देवर के लड़के की शादी में गये थे।

शादी संपन्न करके हम बेंगलुरु वापस जाने के लिये निकले। ट्रेन रात 11:30 की थी, हम 10:30 बजे रेलवे स्टेशन पहुंच गये, मेरे पतिदेव ने दो बार इशारा करके पूछ लिया कि ज़ेवर वग़ैरह सम्भाल कर ले लिये ना? मैंने भी हाँ में सिर हिला दिया, लगभग चालीस तोला सोना होगा मेरे ओर सबके गहने मिलाकर और मेरा जो बड़ा वाला हैंडबैग है उसी में रखने की आदत थी मेरी, निकलते वक्त सब संभाल कर ले लिया था तो इत्मिनान था, ट्रेन के आने में वक्त था तो एक पिलर के आस-पास गोल सीमेंट की बैठक के लिये बनायी गई बैंच पर हम बैठ गये, वेकेशन की वजह से भीड़ बहुत थी। हमारे आस-पास बहुत लोग जमा थे।

हैंडबैग को इतना महत्व नहीं दे रही थी ताकि किसी को शक न हो, पानी पीने के लिये बोतल उठायी तो बैग पास में रख दिया।

हम आराम से ट्रेन का इंतज़ार कर रहे थे कि रेलवे ऑफिस से एनाउन्समेन्ट हुआ कि बेंगलुरु जाने वाली ट्रेन प्लेटफार्म नं. 3 के बदले अब प्लेटफार्म नं. 1 एक पर आ रही है, समय कम था और सीढ़ियों से 1 नं. के प्लेटफार्म पर पहुंचना था तो हड़बड़ी में जिसके हाथ में जो

सामान आया, उठाकर चल दिये, और मेरा हैंडबैग जो मैं कभी कहीं नहीं भूलती थी वहीं पड़ा रहा, जहाँ हम बैठे थे । हमारे पहुंचते ही ट्रेन आ गई हम फ़टाफ़ट ट्रेन में चढ़ गये, सारा सामान रख दिया, ट्रेन रवाना हो गई । सब थके थे तो अपनी अपनी सीट पर लंबे होकर सो गए ।

सुबह हुई तो एक एक कर सब जगने लगे, मेरे पति ने कहा भावना जरा टूथपेस्ट देना तो ब्रश करके चाय का बंदोबस्त करूं, मैंने कहा रुकिये! हैंडबैग में से निकालती हूँ, आस-पास देखा तो, कहीं नहीं दिखा । सबसे पूछा कि क्या किसी को पता है कि बैग कहाँ रखा है पर किसी के पास नहीं मिला। मेरे तो होश ही उड़ गये । क्या ग़जब कर दिया मैंने, रुंआसी शक्ल लिये बैठ गई सर पकड़कर, मेरे पति ने हौसला दिया कि जो होना था हो गया । अब रो मत तबीयत खराब होगी, पर खुद पर इतना गुस्सा आ रहा था कि क्या बताऊं? और फिर कुछ भी नहीं हो सकता था इतनी भीड़ थी पता नहीं किसके हाथ लगा हो बैग? रेलवे में भी फरियाद नहीं कर सकते, मेरा तो कहीं जीनहीं लग रहा था । 40 तोला सोना और 25000 नगद! खाना पीना हराम हो गया । पर अब भूल जाने के सिवा कोई चारा न था, पर कुछ दिन बीते होंगे कि एक दिन एक कुरीयर आया । घर में किसी ने कुछ मंगवाया तो नहीं था सोचा फिर ये क्या होगा? पता तो हमारा ही था थोड़े आश्चर्य से पैकेट खोलने लगी । पहले तो एक चिठ्ठी निकली वो मैं पढ़ने लगी...

प्यारे अजनबी दोस्त! आपकी अमानत आप तक पहुंचा रहा हूँ जो जल्दी में आपसे छूट गया था, जी हाँ, रेलवे स्टेशन की बैंच से मुझे मिला मेरी ट्रेन रात 1:00 बजे की थी तो आपकी बाज़ू वाली बैंच पर ही मैं बैठा था । कितनी सारी ट्रेन आई, गई । सारे लोग एक-एक करते चले गये, पर मैं देख रहा था ये बैग यहीं पड़ा था । कोई लेकर नहीं गया, तभी मैंने सोचा कोई तो भूल गया है । मैं बैग उठाकर रेलवे ऑफिस में जमा करवाने की सोच ही रहा था कि मेरी ट्रेन आ गई, और मैं बैग लेकर ही चढ़ गया, सफ़र में तो नहीं देखा पर घर आकर खोल कर देखा तो इसमें बहुत सारे ज़ेवर और पैसे थे, फिर पूरा बैग खाली किया तो एक छोटी सी चिठ्ठी में अड्रेस लिखा मिला, भगवान करे ये आपका ही अड्रेस

हो और आपकी अमानत आपको ही मिले, इस भावना के साथ भेज रहा हूँ, मिलते ही इस नम्बर पर फोन कर देना ।

आपका शुभचिंतक...

मेरे पति की सबके पर्स में अड्रेस रखने की आदत पर गर्व हुआ । जल्दी-जल्दी पेकेट खोला। सारे ज़ेवर और पैसे मेरे सामने थे, मैं तो आँखों में आँसू लिये देख ही रही थी, क्या ऐसे लोग भी होते है दुनिया में? सबसे पहले तो मेरे पति को और फिर घर के सारे सदस्यों को फोन करके खबर की, सब खुश हुए और उस अजनबी शुभचिंतक का फोन करके शुक्रिया अदा किया, आज वो हमारे फ़ैमिली मित्र हैं ।

हास्य कविता

पोस्टमार्टम सर्टिफिकेट

विजयी भरत दीक्षित

सुजानपुर टीहरा (हिमाचल प्रदेश)

रेल दुर्घटना के बाद मूर्छित घायल को, अस्पताल पहुंचा दिया ।
डॉक्टर ने प्राथमिक उपचार में झटपट इंजेक्शन लगा दिया ।
शीघ्रता में नब्ज देख मूर्छित को ही मृत करार दिया ।
कुछ देर बाद इंजेक्शन ने अपना असर दिखलाया,
घायल ने पैर का अंगूठा हल्का सा हिलाया और उठ बैठा,
प्रश्न लगा करने मैं कहां हूं?
मैं यहां कैसे आया? कौन मुझे यहां लाया?
नर्स ने धीमे स्वर में समझाया कि तुम रेल दुर्घटना में घायल हुए थे ।
घायल अवस्था में दस मिनट पहले ही यहां लाए गए थे ।
अभी अभी डॉक्टर साहब ने तुम्हें मृत है पाया,
लेट जाओ, लेट जाओ अभी एक ही इंजेक्शन है लगाया ।
घायल बोला ...अजी मैं ठीक हूं ।
मुझे जाने दो ।
नर्स बोलीं, लेट जाओ किसी परिजन को आने दो ।
तुम्हें मृत घोषित किया है ।
डॉक्टर साहब ने यह फैसला नब्ज देखने के बाद ही किया है ।
हो सकता है, शीघ्रता में हों,

पर वह हमसे बड़े हैं, हमसे ज्यादा पढ़े हैं ।

पढ़े लिखे व्यक्ति ने फैसला किया है, सोच विचार के बाद ही किया है ।

तुम क्या डॉक्टर हो? क्या डॉक्टर से ज्यादा जानते हो ।

अपने आप को पढ़ा लिखा मानते हो, इन्होंने MBBS ही नहीं की है, MD भी कर रखी है, सारी पढ़ाई विदेश से झटक रखी है ।

जिद मत करो, यह आजकल के डॉक्टर हैं ।

तुमसे ज्यादा जानते हैं । लोग भी इन्हें अधिक पढ़ा लिखा मानते हैं ।

घायल मिमियाए, मुझे घर जाना है । नर्स चिल्लाए, आंसू कोई नहीं बहाना है ।

तुम्हें डॉक्टर साहब ने मृत पाया है । तुम्हारे ऊपर यमराज का साया है ।

तुम्हें कहीं नहीं जाना, आंसू भी नहीं बहाना ।

यह नर्सिंग होम है, समझे यहां कौन है?

नहीं चलता यहां बहाना है । लेट जाओ, लेट जाओ

कृपया डॉक्टर साहब की योग्यता पर प्रश्न चिन्ह मत लगाओ?

मरीज गिड़गिड़ाए मैं अब ठीक हूं ।

मुझे घर जाना है । मुझे इलाज नहीं करवाना है ।

नर्स को गुस्सा तो आ ही रहा था, गुस्से में जोर से भन्नाई ।

यदि डॉक्टर साहब आ गए तो तुम मुझे नौकरी से निकलवा दोगे,

और तो और मालिक से डॉक्टर साहब की भी छुट्टी करवा दोगे,

या प्रमोशन रुकवा दोगे । मानती हूं कि तुम कोई भूत, प्रेत, पिशाच नहीं पर यह कोई 25 पैसे वाला सरकारी अस्पताल भी नहीं ।

तुम तो धन्य हो, जो सीधे यहां आए हो ।

अपने सामने अपने जनाज़े में बाहर अपार जनसमूह लाए हो ।

मूलतः यह मूक-बधिरों का अस्पताल ही है ।

पर हो जाता यहां हर रोगोपचार है ।

हमारे अस्पताल के बिल की राशि सुनने के लिए

बहरे भी उतावले रहते हैं ।

मूक तो बिल मिलने से पहले ही स्वयं बिल की राशि पूछे जाते हैं ।

और यदि भूल से किसी दूसरे का बिल दिखाई दे,

तो कान पकड़कर खींच खींच कर हाय तौबा भी मचाते हैं ।

हमें तो सभी स्वतः ही उपचार करते नज़र आते हैं ।

पर हम बोल नहीं सकते...

टांग और पैर की हड्डी टूटे मरीज़ के पैसे हम लोग पहले ही जमा करवाते हैं,

क्योंकि बिल की राशि सुनते ही मरीज़ भाग जाते हैं ।

वह जो लगी ग्रेनाइट की बड़ी सी शिला है जिस पर कुछ लिखा है ।

वह बताती है कि इस अस्पताल को चार ग्लोबल अवार्ड भी मिले हैं ।

हमारी विशेष तकनीक को, धन कमाने की मशीन को,

अधिकांश डॉक्टर अपना रहे हैं और बिना डिग्री के झोलाछाप भी अच्छा

क्लीनिक चला रहे हैं । आप भी अपना कैश, कैश काउंटर पर जमा करवा दो और साथ लगे काउंटर पर से एक बढ़िया नया

पोस्टमार्टम सर्टिफिकेट बनवा लो ।

यादें

पापा (द ग्रेट हीरो)

रीता सिंह

बेंगलुरु (कर्नाटक)

बात उन दिनों की है जब रेल कोयले के इंजन से चला करती थी। आजकल तो सब बहुत आसान हो गया है । बहुत मुश्किल काम था । ज़ब तक ट्रेन को चलाना है तब तक इंजन में कोयला डालते रहना है । मुझे याद है जब हम सब भाई बहन छोटे थे, तब बिजली चले जाने पर हम लोग कितना परेशान होते थे । गर्मी से हालत खराब होती थी पर हमारे पापा इतनी गर्मी में भी कोयले के इंजन के पास खड़े रहते थे और लगातार उसमे कोयला डालते रहते थे । पर हम लोग इन बातों से अनजान थे। बचपन के दिन थे बस बचपने में ही बीत रहे थे । पापा सप्ताह में एक दिन के लिये घर आते थे और उनको पता नहीं होता था कि कब उनकी किताब आ जाये । उस वक्त फ़ोन नहीं होते थे तो जो उनकी ड्यूटी का ऑर्डर ले के आता था, उसको बोलते थे कि किताब आ गई । कभी भी कितनी भी गर्मी हो, पर पापा ज़ब भी घर आते तो मम्मी चाय बनाती । एक दिन मैंने मम्मी से पूछ ही लिया कि मम्मी इतनी गर्मी में पापा को चाय क्यूँ पिलाती हो? ठंडा-ठंडा नीबू पानी क्यूँ नहीं देती? 'मम्मी कुछ कहती इस से पहले ही पापा बोले- 'बेटा, तुम को नहीं पता कि हम इतनी गर्मी में इंजन पर कैसे रहते हैं। सारा दिन हमें इंजन में धधकती आग के सामने रहना पड़ता है। जो पानी हम पीने के लिये लेके जाते हैं वो भी वहां रख के गर्म हो जाता है वो पानी पिया भी नहीं जाता । ऐसे में हम लोग वही इंजन में थोड़ा पानी उबाल कर उसमे चाय पत्ती ज्यादा और दूध चीनी कम डाल के चाय बनाते है और एक एक घूंट पीते रहते हैं उस से हमारी प्यास बुझ जाती है । इसलिये चाय ज्यादा पीने की आदत पड़ गई है ।" मैं अवाक सी पापा

को देखती रह गई । जहाँ हम लोग घर में आराम से रहते थे वहां पापा को इतनी परेशानी से रहना पड़ता था । "और इतना ही नहीं बेटा, ज़ब कहीं ट्रेन से कोई हादसा हो जाता है, चाहे गलती किसी की भी हो, उसका इल्जाम ड्राइवर पर ही आता है । उसकी जवाबदेही भी ड्राइवर की ही होती है ।" पापा बोले- बारिश हो, आंधी हो या तूफान पर ट्रेन कभी नहीं रूकती उसे तो बस चलते जाना है ।

मैं बस पापा को देखे जा रही थी । हमें कई बार पता भी नहीं होता कि जिस घर में आराम से बैठ कर हम खुशियाँ मनाते हैं, उस घर में उन खुशियों को लाने में एक पिता का कितना बड़ा योगदान होता है और इस बात से बेखबर जब हम बड़े होते हैं और अपने ही पिता से ये सवाल करते हैं कि तुमने हमारे लिये किया ही क्या है? तब एक पिता के दिल पर क्या गुजरती है ये शायद एक पिता ही समझ सकता है । हमारे माँ बाप हमारे लिये खुद परेशानियां उठाकर भी हमें इस लायक बनाते हैं कि हमें वो परेशानियां ना उठानी पड़े जो उन्होंने उठाई है । अपने माता पिता की अच्छाइयाँ हमें उनके ना होने पर नजर आती हैं लेकिन अगर हम उनके जीवित रहते उनकी अच्छाइयों को याद रखें, तो हमारा व्यवहार हमारे माता पिता को लम्बा जीवन दे सकता है और हमें भी सुकून मिल सकता है। जो चला गया वो लौट के नहीं आता पर उनकी यादें हमेशा हमारे साथ रहती हैं । अब ये हमारे ऊपर है कि यादें कड़वी हो या मीठी ।

कविता

ट्रेन

बुशरा-रज़ा

लखनऊ (उ.प्र.)

दूर तक फैले, दरख्तो,
पहाड़ो को नापती
कही बंजर जमीं, तो कही हरियाली
कही दूर तक लहलहाते खेत,
अपनी मदमस्त धुक धुकी लगाती
बस चली जा रही है ट्रेन!

तेज़ रफ्तार पकड़ कर
जब थक जाती,
रूक रूक कर किसी स्टेशन पर
हांफने लगती है ।
मुसाफिर अपनी मन्ज़िल पर....
उतरते चढ़ते
ज़िन्दगी भी तो एक ट्रेन

ऊपर नीचे बर्थ....
बीच की बर्थ वाला तो बेचारा
मारा जाता बीच मे ही झूलता
रहता है
न ढंग से बैठ पाता न लेट पाता
एक मिडिल क्लास फेमिली की तरह
और ये राहें बस दौड़ती रहती ।
किसी मुसाफिर की ये न साथी,
अपनी लौह पथ गामिनी का
साथ सदा ही निभाती चलती है ।

देखा के नमक कि एक झील
जहाँ दूर तक फैला नमक
ही नमक
ये नमक ज्यादा हो जाये तो,
पका पकाया खाना बदमज़ा
हो जाता है ।
ये फलसफ़िया बातें
कही न कही ज़िन्दगी का
पता देती है
मगर ट्रेन बस दौड़ती
जाती है ।

कविता

सफ़र

अंजलि 'सिफ़र'

अंबाला (हरियाणा)

सफ़र-ए-ज़िंदगी में
आएंगे जाएंगे कितने ही स्टेशन,
उतरते चढ़ते रहेंगे जाने कितने रिश्ते
कुछ बेमन के तो कुछ मनभावन ।
मिलेंगे मुसाफ़िर बहुत
पर रहेंगे कहाँ तक हमसफ़र,
जिसकी जहां होगी मंज़िल
वो वहीं जाएगा उतर ।
सुन राही!
मत करते रहना तुम
फ़क़त मंज़िल का इंतज़ार,
यात्रा के इसी उतार चढ़ाव में
जी लेना अनुभव हज़ार ।
चलते चलते ही समेटना होगा
जो भी इस सफ़र से पाना है,
मंज़िल का तो दिन तय ही है
आख़िरी स्टेशन पर
इस रेल से आख़िर
सभी को उतर जाना है.....

संस्मरण

आरक्षण एक कोढ़

संध्या चतुर्वेदी

अहमदाबाद (गुजरात)

बात मई 2008 की है, हम मुम्बई में रहते थे और गर्मी की छुटियाँ बिताने अपने शहर मथुरा आते थे । पति जी को ऑफिस से इतना लम्बी छुटियाँ नहीं मिलती तो मै और दोनों बच्चे अकेले ही आया-जाया करते थे ।

हम खुशी-खुशी मथुरा आ गए और छुटियों के मजे ले रह थे । पूरा एक महीना परिवार के साथ, मम्मी और सासू माँ दोनों यहीं थे । तो दिन कैसे बीत गये, पता ही नहीं चला । जाने का समय नजदीक आने वाला था । एक जुलाई से स्कूल शुरू हो जाते हैं तो वापस लौटना था ।

टिकट पहले ही कन्फर्म थी, तो चिंता की बात नहीं थी लेकिन अचानक गुर्जर आंदोलन शुरू हो गया था । सारी ट्रेन कैंसिल हो गयी थी । गुर्जर ट्रेन की पटरी को तोड़ के ट्रैक पर बैठ के आरक्षण की मांग कर रहे थे । पुलिस प्रशासन नतमस्तक होता दिखवाई दे रहा था । लोगों ने पटरी पर ही जमाव कर रखा था और किसी के आने-जाने पर पत्थर बरसा रहे थे । दिन निकल रहे थे, चार दिन बाद भी सरकार समझौते को तैयार नहीं थी, ट्रेनों के रास्ते बदल कर मुम्बई ले जाया जा रहा था । मेरे वापस लौटने का दिन नजदीक था । अकेली थी तो डर तो लग ही रहा था, वहीं लोगों को टिकट नहीं मिल रहे थे । यूं तो मेरी जेठानी और उनकी बड़ी बहन मेरे साथ चलने को तैयार हो गए थे । मेरी दो सीटें बुक थी, मेरी और बड़े बेटे कीं एक सीट उनको देने के लिए बोल दिया था । पर उस दिन ट्रेन कौन से रूट से जायेगी, कैसे और कब?..... कुछ पता नहीं था ।

भगवान की कृपा से सुबह न्यूज़ सुनी तो पता चला कि गुर्जर और

सरकार कुछ शर्तों पर मान गये और ट्रेन अपने रास्ते ही जायेगी । सुबह की ट्रेन थी मैं अपनी जेठानी और बच्चों के साथ स्टेशन पहुंची जेठानी जी की बड़ी बहन स्टेशन पर ही मिल गई थी । 'एक से भले दो, दो से भले चार' ये सोच हम चारों ट्रेन का इंतजार कर रहे थे, पूरा चार घंटे लेट थी वो और आंदोलन के बाद जाने वाली पहली ट्रेन हमारी ही थी । क्या बताऊँ कैसा अजीब सा माहौल था, लोगों की भीड़ बढ़ती ही जा रही थी, एक हफ्ते के बाद ट्रेन जा रही थी कोई ।

जैसे-तैसे ट्रेन पटरी पर आ ही गयी । मुम्बई में रहकर भीड में चढ़ने की आदत बच्चों की भी थी और हमारी भी, बड़ी जद्दोजहद के बाद हम चारों चढ़ गए ट्रेन में । सीट ढूंढना मुश्किल था, फिर भी जैसे-तैसे करके अपनी सीट तक पहुँचे । दुपहर के दो बजे रहे थे, हमने भी भगवान का नाम लिया, मथुरा से भरतपुर होते हुए ट्रेन मुम्बई जा रही थी । लगता था हम से ज्यादा ड्राइवर डरा हुआ था, धुक-धुक कर, रेंगती हुए गाड़ी आगे बढ रही थी ।

बाहर गाँव के लोगों को शायद पता नहीं था कि समझौता हो गया है । सब ट्रेन को घेर के खड़े हुए थे, पत्थरों को हाथ में लिए बस बरसाए रहे थे ट्रेन पर । हम सब के दिल की धड़कनें बढ़ रही थी, भगवान के नाम का जाप हम लोग कर रह थे । लोगो की भीड़ थी बाहर, ट्रेन धीरे-धीरे ही सही भरतपुर पार कर गयी ।

अब जान में जान आ रही थी, एक तो गर्मी का मौसम, ना पानी की सप्लाई थी अंदर ना खाने की और उस पर लोगो की भीड़ । कोई टी. टी. भी नहीं आ रहे थे कि शिकायत भी कर सको । वो तो हम अपने साथ पानी और खाने का पूरा इंतजाम करके लाये थे ।

पानी की जगह बर्फ को भर कर लायी थी थर्मस में... तो आराम था थोड़ा । इतना कठिन सफर और हम तीनों औरतें साथ थी पर हिम्मत थी, तो सफर कट ही गया ।

हम मुम्बई पहुंचे.... स्टेशन पर पति और जेठ जी लेने आये थे । उन्हें देखकर खुशी के आंसू आ गये, हिम्मत तो कर ही ली थी पर फिर भी

पति और परिवार से ना मिल पाने का डर था दिमाग में...

एक सवाल पूरे सफर में दिमाग में कौंध रहा था कि किसी भी जाति या वर्ग विशेष को ये हक किसने दिया कि वो लोगों की जान से खेले? हमारी सरकारें, प्रशासन और पुलिस इतनी बेबस और लाचार क्यों हो जाती है?

ये आरक्षण कोढ़ की तरह है जो देश को बीमार और लाचार बनाए जा रहा है।